O Quinto Evangelho

A Mensagem do Cristo

Apóstolo Tomé

TEXTO INTEGRAL

Tradução e Comentários:
Huberto Rohden

COLEÇÃO A OBRA-PRIMA DE CADA AUTOR

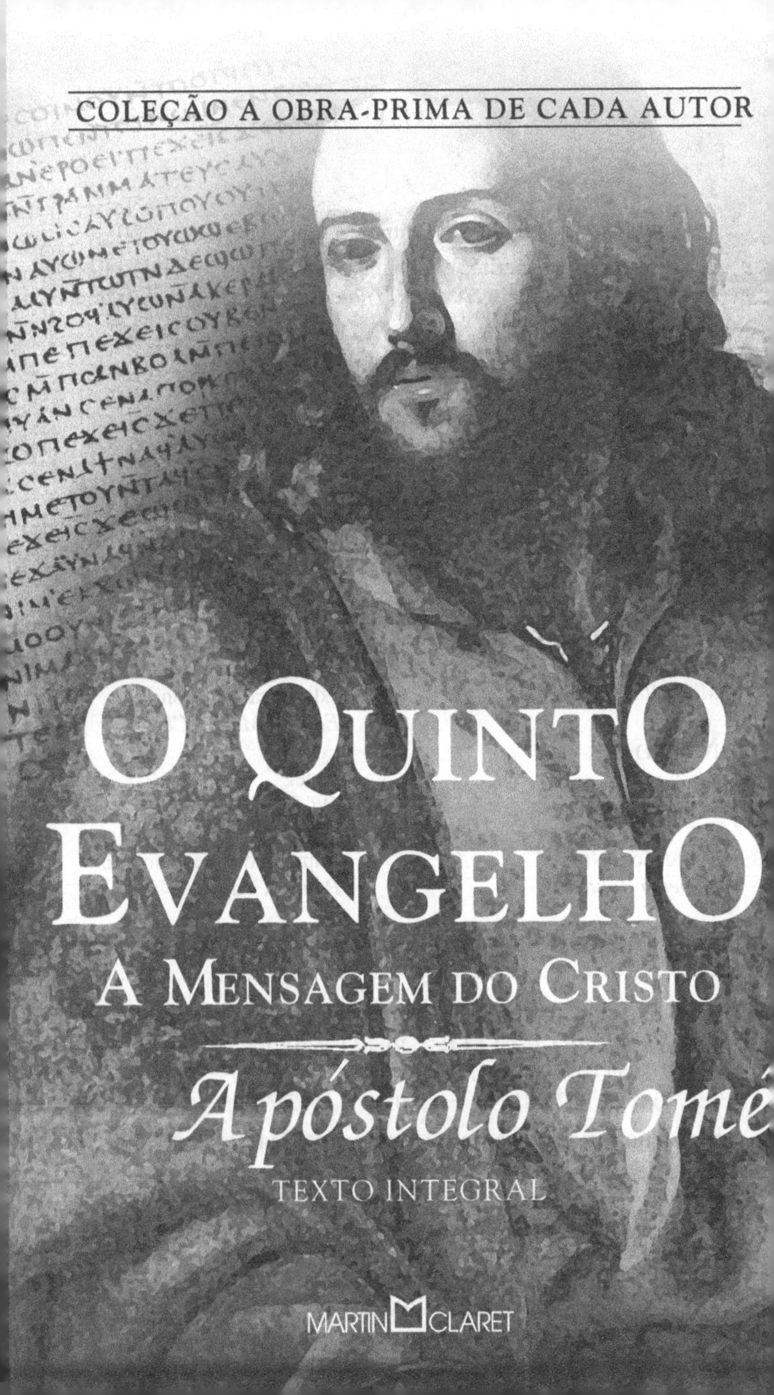

O QUINTO EVANGELHO

A MENSAGEM DO CRISTO

Apóstolo Tomé

TEXTO INTEGRAL

MARTIN CLARET

CRÉDITOS

Tradução dos manuscritos em língua copta encontrados no Egito, em 1945, intitulados *Euangélio Katá Thomas*, baseada na versão francesa de Philipe de Suarez.

IDEALIZAÇÃO E COORDENAÇÃO
Martin Claret

ASSISTENTE EDITORIAL
Rosana Gilioli Citino

CAPA
Ilustração
Marcellin Talbot

MIOLO
Revisão
Mauro de Barros

Tradução e Notas
Huberto Rohden

Projeto Gráfico
José Duarte T. de Castro

Direção de Arte
José Duarte T. de Castro

Editoração Eletrônica
Editora Martin Claret

Papel
Off-Set, 70g/m²

Impressão e Acabamento
Paulus Gráfica

Editora Martin Claret Ltda. – Rua Alegrete, 62 – Bairro Sumaré
CEP: 01254-010 – São Paulo - SP
Tel.: (0xx11) 3672-8144 – Fax: (0xx11) 3673-7146

www.martinclaret.com.br / editorial@martinclaret.com.br

Agradecemos a todos os nossos amigos e colaboradores — pessoas físicas e jurídicas — que deram as condições para que fosse possível a publicação deste livro.

1ª REIMPRESSÃO – 2011

A história do livro e a coleção "A Obra-Prima de Cada Autor"

MARTIN CLARET

Que é o livro? Para fins estatísticos, na década de 1960, a UNESCO considerou o livro "uma publicação impressa, não periódica, que consta de no mínimo 56 páginas, sem contar as capas".

O livro é um produto industrial.

Mas também é mais do que um simples produto. O primeiro conceito que deveríamos reter é o de que o livro como objeto é o veículo, o suporte de uma informação. O livro é uma das mais revolucionárias invenções do homem.

A *Enciclopédia Abril* (1972), publicada pelo editor e empresário Victor Civita, no verbete "livro" traz concisas e importantes informações sobre a história do livro. A seguir, transcrevemos alguns tópicos desse estudo didático.

O livro na Antiguidade

Antes mesmo que o homem pensasse em utilizar determinados materiais para escrever (como, por exemplo, fibras vegetais e tecidos), as bibliotecas da Antiguidade estavam repletas de textos gravados em tabuinhas de barro cozido. Eram os primeiros "livros", depois progressivamente modificados até chegarem a ser feitos — em grandes tiragens — em papel impresso mecanicamente, proporcionando facilidade de leitura e transporte. Com eles, tornou-se possível, em todas as épocas, transmitir fatos, acontecimentos históricos, descobertas, tratados, códigos ou apenas entretenimento.

Como sua fabricação, a função do livro sofreu enormes modificações dentro das mais diversas sociedades, a ponto de constituir uma mercadoria especial, com técnica, intenção e utilização determinadas. No moderno movimento editorial das chamadas sociedades de consumo, o livro pode ser considerado uma mercadoria cultural, com maior ou menor significado no contexto socioeconômico em que é publicado. Enquanto mercadoria, pode ser comprado, vendido ou trocado. Isso não ocorre, porém, com sua função intrínseca, insubstituível: pode-se dizer que o livro é essencialmente um instrumento cultural de difusão de ideias, transmissão de conceitos, documentação (inclusive fotográfica e iconográfica), entretenimento ou ainda de condensação e acumulação do conhecimento. A palavra escrita venceu o tempo, e o livro conquistou o espaço. Teoricamente, toda a humanidade pode ser atingida por textos que difundem ideias que vão de Sócrates e Horácio a Sartre e McLuhan, de Adolf Hitler a Karl Marx.

Espelho da sociedade

A história do livro confunde-se, em muitos aspectos, com a história da humanidade. Sempre que escolhem frases e temas, e transmitem ideias e conceitos, os escritores estão elegendo o que consideram significativo no momento histórico e cultural que vivem. E, assim, fornecem dados para a análise de sua sociedade. O conteúdo de um livro — aceito, discutido ou refutado socialmente — integra a estrutura intelectual dos grupos sociais.

Nos primeiros tempos, o escritor geralmente vivia em contato direto com seu público, que era formado por uns poucos letrados, já cientes das opiniões, ideias, imaginação e teses do autor, pela própria convivência que tinham com ele. Muitas vezes, mesmo antes de ser redigido o texto, as ideias nele contidas já haviam sido intensamente discutidas pelo escritor e parte de seus leitores. Nessa época, como em várias outras, não se pensava na enorme porcentagem de analfabetos. Até o século XV, o livro servia exclusivamente a uma pequena minoria de sábios e estudiosos que constituíam os círculos intelectuais (confinados aos mosteiros durante o começo da Idade Média) e que tinham acesso às bibliotecas, cheias de manuscritos ricamente ilustrados.

Com o reflorescimento comercial europeu, nos fins do século XIV, burgueses e comerciantes passaram a integrar o mercado livreiro da época. A erudição laicizou-se e o número de escritores aumentou, surgindo também as primeiras obras escritas em línguas que não o latim e o grego (reservadas aos textos clássicos e aos assuntos considerados dignos de atenção). Nos séculos XVI e XVII, surgiram diversas literaturas nacionais, demonstrando, além do florescimento intelectual da época, que a população letrada dos países europeus estava mais capacitada a adquirir obras escritas.

Cultura e comércio

Com o desenvolvimento do sistema de impressão de Gutenberg, a Europa conseguiu dinamizar a fabricação de livros, imprimindo, em cinquenta anos, cerca de 20 milhões de exemplares para uma população de quase 10 milhões de habitantes, cuja maioria era analfabeta. Para a época, isso significou enorme revolução, demonstrando que a imprensa só se tornou uma realidade diante da necessidade social de ler mais.

Impressos em papel, feitos em cadernos costurados e posteriormente encapados, os livros tornaram-se empreendimento cultural e comercial: os editores passaram logo a se preocupar com melhor apresentação e redução de preços. Tudo isso levou à comercialização do livro. E os livreiros baseavam-se no gosto do público para imprimir, principalmente obras religiosas, novelas, coleções de anedotas, manuais técnicos e receitas.

Mas a porcentagem de leitores não cresceu na mesma proporção que a expansão demográfica mundial. Somente com as modificações socioculturais e econômicas do século XIX — quando o livro começou a ser utilizado também como meio de divulgação dessas modificações e o conhecimento passou a significar uma conquista para o homem, que, segundo se acreditava, poderia ascender socialmente se lesse — houve um relativo aumento no número de leitores, sobretudo na França e na Inglaterra, onde alguns editores passaram a produzir obras completas de autores famosos, a preços baixos. O livro era então interpretado como símbolo de liberdade, conseguida por conquistas culturais. Entretanto, na maioria dos países, não houve nenhuma grande modificação nos índices porcentuais até o fim da Primeira Guerra Mundial (1914/18), quando surgiram as primeiras grandes tiragens de um só livro, principalmente romances, novelas e textos didáticos. O número elevado de cópias, além de baratear o preço da unidade, difundiu ainda mais a literatura. Mesmo assim, a maior parte da população de muitos países continuou distanciada, em parte porque o livro, em si, tinha sido durante muitos séculos considerado objeto raro, atingível somente por um pequeno número de eruditos. A grande massa da população mostrou maior receptividade aos jornais, periódicos e folhetins, mais dinâmicos e atualizados, e acessíveis ao poder aquisitivo da grande maioria. Mas isso não chegou a ameaçar o livro como símbolo cultural de difusão de ideias, como fariam, mais tarde, o rádio, o cinema e a televisão.

O advento das técnicas eletrônicas, o aperfeiçoamento dos métodos fotográficos e a pesquisa de materiais praticamente imperecíveis fazem alguns teóricos da comunicação de massa pensarem em um futuro sem os livros tradicionais (com seu formato quadrado ou retangular, composto de folhas de papel, unidas umas às outras por um dos lados). Seu conteúdo e suas mensagens (racionais ou emocionais) seriam transmitidos por outros meios, como por exemplo microfilmes e fitas gravadas.

A televisão transformaria o mundo todo em uma grande "aldeia" (como afirmou Marshall McLuhan), no momento em que todas as sociedades decretassem sua prioridade em relação aos textos escritos. Mas a palavra escrita dificilmente deixaria de ser considerada uma das mais importantes heranças culturais, entre todos os povos.

Através de toda a sua evolução, o livro sempre pôde ser visto como objeto cultural (manuseável, com forma entendida e interpretada em função de valores plásticos) e símbolo cultural (dotado de conteúdo, entendido e interpretado em função de valores semânticos). As duas maneiras podem fundir-se no pensamento coletivo, como um conjunto orgânico (onde texto e arte se completam, por exemplo, em um livro de arte) ou apenas como um conjunto textual (onde a mensagem escrita vem em primeiro lugar — em um livro de matemática, por exemplo).

A mensagem (racional, prática ou emocional) de um livro é sempre intelectual e pode ser revivida a cada momento. O conteúdo, estático em si, dinamiza-se em função da assimilação das palavras pelo leitor, que pode discuti-las, reafirmá-las, negá-las ou transformá-las. Por isso, o livro pode ser considerado instrumento cultural capaz de liberar informação, sons, imagens, sentimentos e ideias através do tempo e do espaço. A quantidade e a qualidade de ideias colocadas em um texto podem ser aceitas por uma sociedade, ou por ela negadas, quando entram em choque com conceitos ou normas culturalmente admitidos.

Nas sociedades modernas, em que a classe média tende a considerar o livro como sinal de *status* e cultura (erudição), os compradores utilizam-no como símbolo mesmo, desvirtuando suas funções ao transformá-lo em livro-objeto. Mas o livro é, antes de tudo, funcional — seu conteúdo é que lhe dá valor (os livros de ciências, filosofia, religião, artes, história e geografia, que representam cerca de 75% dos títulos publicados anualmente em todo o mundo).

O mundo lê mais

No século XX, o consumo e a produção de livros aumentaram progressivamente. Lançado logo após a Segunda Guerra Mundial (1939/45), quando uma das características principais da edição de um livro eram as capas entreteladas ou cartonadas, o livro de bolso constituiu um grande êxito comercial. As obras — sobretudo *best sellers* publicados algum tempo antes em edições de luxo — passaram a ser impressas em rotativas, como as revistas, e distribuídas nas bancas de jornal. Como as tiragens elevadas permitiam preços muito baixos, essas edições de bolso popularizaram-se e ganharam importância em todo o mundo.

Até 1950, existiam somente livros de bolso destinados a pessoas de baixo poder aquisitivo; a partir de 1955, desenvolveu-se a categoria do livro de bolso "de luxo". As características principais destes últimos eram a abundância de coleções — em 1964 havia mais de duzentas, nos Estados Unidos — e a variedade de títulos, endereçados a um público intelectualmente mais refinado. A essa diversificação das categorias adiciona-se a dos pontos de venda, que passaram a abranger, além das bancas de jornal, farmácias, lojas, livrarias, etc. Assim, nos Estados Unidos, o número de títulos publicados em edições de bolso chegou a 35 mil em 1969, representando quase 35% do total dos títulos editados.

Proposta da coleção "A Obra-Prima de Cada Autor"

"Coleção" é uma palavra há muito tempo dicionarizada e define o conjunto ou reunião de objetos da mesma natureza ou que têm alguma relação entre si. Em um sentido editorial, significa o conjunto não limitado de obras de autores diversos, publicado por uma mesma editora, sob um título geral indicativo de assunto ou área, para atendimento de segmentos definidos do mercado.

A coleção "A Obra-Prima de Cada Autor" corresponde plenamente à definição acima mencionada. Nosso principal objetivo é oferecer, em formato de bolso, a obra mais importante de cada autor, satisfazendo o leitor que procura qualidade.*

Desde os tempos mais remotos existiram coleções de livros. Em Nínive, em Pérgamo e na Anatólia existiam coleções de obras literárias de grande importância cultural. Mas nenhuma delas superou a célebre biblioteca de Alexandria, incendiada em 48 a.C. pelas legiões de Júlio César, quando estas arrasaram a cidade.

A coleção "A Obra-Prima de Cada Autor" é uma série de livros a ser composta por mais de 400 volumes, em formato de bolso, com preço altamente competitivo, e pode ser encontrada em centenas de pontos de venda. O critério de seleção dos títulos foi o já estabelecido pela tradição e pela crítica especializada. Em sua maioria, são obras de ficção e filosofia, embora possa haver textos sobre religião, poesia, política, psicologia e obras de autoajuda. Inauguram a coleção quatro textos clássicos: *Dom Casmurro*, de Machado de Assis; *O Príncipe*, de Maquiavel; *Mensagem*, de Fernando Pessoa; e *O lobo do mar*, de Jack London.

Nossa proposta é fazer uma coleção quantitativamente aberta. A periodicidade é mensal. Editorialmente, sentimo-nos orgulhosos de poder oferecer a coleção "A Obra-Prima de Cada Autor" aos leitores brasileiros. Nós acreditamos na função do livro.

* Atendendo a sugestões de leitores, livreiros e professores, a partir de certo número da coleção começamos a publicar, de alguns autores, outras obras além da sua obra-prima.

Advertência

A substituição da tradicional palavra latina *crear* pelo neologismo moderno *criar é* aceitável em nível de cultura primária, porque favorece a alfabetização e dispensa esforço mental — mas não é aceitável em nível de cultura superior, porque deturpa o pensamento.

Crear é a manifestação da Essência em forma de existência — *criar* é a transição de uma existência para outra existência.

O Poder Infinito é o *creador* do Universo — um fazendeiro é um *criador* de gado.

Há entre os homens gênios *creadores,* embora não sejam talvez *criadores*.

A conhecida lei de Lavoisier diz que "na natureza nada se *crea,* nada se aniquila, tudo se transforma"; se grafarmos "nada se *crea*", esta lei está certa, mas se escrevermos "nada se *cria*", ela resulta totalmente falsa.

Por isso, preferimos a verdade e clareza do pensamento a quaisquer convenções acadêmicas.

Huberto Rohden

Explicações prévias

HUBERTO ROHDEN

Em 1945, uns lavradores escavaram, num velho cemitério de Nag Hammadi, no Egito, alguns potes de barro com manuscritos em caracteres coptas. Parte desses papiros encadernados em couro foi usada pelos colonos para acender fogo; parte foi vendida e veio parar no museu copta do Cairo, onde esses manuscritos foram guardados durante onze anos, sem que ninguém lhes desse maior importância.

Mais tarde, alguns peritos examinaram cientificamente esses documentos e verificaram que, além de outros manuscritos, esses papiros continham o Evangelho do Apóstolo Tomé, isto é, cópias do original que remontam ao século II da Era Cristã.

Não se trata, como nos outros Evangelhos, de uma narrativa da vida histórica de Jesus, mas sim de pouco mais de uma centena de sentenças ou aforismos de "Jesus, o Vivo". Logo de início, aparecem as seguintes palavras:

"Estas são as palavras secretas de Jesus, o Vivo, que foram escritas por Didymos Thomas".

A palavra aramaica "Thomas" quer dizer "gêmeo"; em grego "Didymos".

As "palavras secretas" são ensinamentos esotéricos de Jesus proferidos não para as massas populares, mas para uma elite escolhida de discípulos do divino Mestre capazes de compreenderem o sentido místico de certas verdades profundas. Também pelos outros Evangelhos consta que Jesus disse a seus discípulos: "A vós vos é dado compreender os mistérios do Reino de Deus, enquanto ao povo só lhe falo em parábolas". Tomé se limita a mencionar certas palavras de Jesus sobre os "mistérios do Reino", que desafiam mais a intuição espiritual do que a análise intelectual do leitor. Alguns desses aforismos são altamente paradoxais, lembrando por vezes a linguagem de Lao-tsé, no seu Tao Te Ching, *justificando a conhecida frase de Tertuliano:* "Credo, quia absurdum".

Tomé parece interessar-se mais pela enigmática verticalidade do Cristo cósmico do que pela popular horizontalidade do Jesus humano.

Tomé é quase totalmente ignorado pelos quatro Evangelhos conhecidos. O cristianismo o conhece quase somente pela incredulidade com que ele enfrentou os outros discípulos, quando lhe falavam de Jesus redivivo, exigindo e obtendo uma prova empírica da ressurreição física do Mestre. O proverbial "ver para crer" é sinônimo de Tomé.

Segundo a antiga tradição cristã, Tomé demandou o Oriente, após a ascensão de Jesus.

Em 1969 fui visitar a catedral de São Tomé, em Madras, no sul da Índia, igreja fundada pelos portugueses que, no século XV, foram à Índia, com Vasco da Gama. Nessa igreja encontra-se o túmulo de Tomé.

A presente tradução em vernáculo baseia-se na versão francesa de Philipe de Suarez, feita diretamente dos manuscritos em língua copta encontrados no Egito. Esses documentos levam o título em grego Euangélio Katá Thomas (Evangelho segundo Thomas). *Aliás, já existia uma antiga tradução grega deste Evangelho. Mas o estudioso francês preferiu fazer nova tradução diretamente dos manuscritos coptas. O original de Tomé foi, provavelmente, escrito em aramaico.*

Os comentários aos 114 textos são exclusivamente nossos, que, em face do caráter misterioso do texto, comportam explicações várias, consoante a intuição espiritual dos leitores.

Oportunidade deste Evangelho

HUBERTO ROHDEN

A recente descoberta do Evangelho de Tomé, precisamente em nosso tempo, foi um acontecimento singularmente providencial e sumamente oportuno.

Nunca esteve a humanidade ocidental tão ansiosa de autoredenção como em nossos dias — e este Evangelho proclama a imperiosa necessidade de autoconhecimento, que é o fundamento da auto-realização ou auto-redenção.

Os teólogos antigos falam em salvação, no sentido de uma aloredenção, de uma salvação de fora do homem — mas essas teologias estão em declínio, ao passo que a auto-redenção do Evangelho está numa gloriosa ascensão. Também os quatro Evangelhos segundo Mateus, Marcos, Lucas e João proclamam a verdade central da auto-redenção pela consciência e pela vivência do Cristo interno, a redenção pela mística e pela ética.

Mas, em face do estado primitivo da humanidade, as teologias deram excessiva importância a diversos tipos de alo-redenção: 1) redenção por meio de objetos e fórmulas sacras, 2) redenção pelo sangue de um homem inocente. Essa ideologia pagã-judaica de alo-redenção por fatores alheios e externos está sendo superada. Na alvorada do terceiro milênio, a elite espiritual da cristandade está despertando para a verdade central da mensagem do Cristo: a redenção do homem pelo Deus imanente, pelo Cristo interno, pelo divino autós da sua alma divina.

No Evangelho do Cristo só consta a redenção ou realização do homem pela mística do primeiro e maior de todos os mandamentos,

Fotografia de um dos papiros, em língua copta,
do Evangelho de Tomé, encontrados no Egito.

revelada pela ética do segundo mandamento; e nestes dois mandamentos se baseiam toda a lei e os profetas, a quintessência do cristianismo. A redenção, segundo o Evangelho, está na consciência da paternidade única de Deus manifestada na vivência da fraternidade universal dos homens.

A elite espiritual da cristandade do nosso tempo está redescobrindo esse tesouro oculto da mensagem do Cristo. O cristianismo está proclamando a sua autonomia crística sobre a heteronomia de contágios alheios, que retardaram a sua evolução bimilenar.

Didymos Thomas não se cansa de frisar essa auto-redenção do homem pelo despertamento do Deus imanente. As crenças teológicas dos homens estão cedendo lugar à experiência crística de Deus.

Tomé, outrora o descrente no meio de crentes, revela-se hoje o pioneiro dos experientes para os inexperientes desejosos de experiência própria sobre o mistério de Deus no homem.

No Evangelho de Tomé não aparece o menor indício de uma hierarquia eclesiástica nem hegemonia clerical. O cristianismo primevo era uma fraternidade espiritual, uma espécie de democracia crística, e não uma monocracia hierárquica. Nada consta a respeito de uma primazia de Pedro; pelo contrário, Simão Pedro aparece numa luz assaz desfavorável, sobretudo no último capítulo 114, em que ele revela estranho pensar antifeminista.

No Evangelho de Tomé não há referência à transubstanciação nem ao poder de perdoar pecados conferido por Jesus aos seus discípulos. Tudo visa unicamente ao despertamento do poder espiritual no homem.

1. Quem descobrir o sentido destas palavras não provará a morte.

Comentário:

Esta primeira palavra de Jesus referida por Tomé logo revela o caráter místico do seu Evangelho. Os livros sacros usam a palavra "morte" tanto em sentido físico como metafísico; e aqui "morte" quer dizer a permanência no plano do ego humano, ignorando o Eu-divino do homem; porquanto nenhum homem se imortaliza pela mentalização do seu ego, mas tão-somente pela transmentalização rumo a seu Eu, ao seu *Atman*, à sua Alma, que é o espírito de Deus em forma individual.

Já no livro do Gênese, a palavra "morte" é usada em sentido metafísico, quando os *Elohim*, as potências divinas, dizem a Adão: "Se comeres do fruto da árvore do conhecimento do bem e do mal (do ego), logo morrerás". Adão comeu desse fruto e viveu ainda diversos séculos. O texto não se refere à morte do corpo físico, mas sim à morte pelo ego-mental. O homem, pelo despertamento da ego-consciência, permanece no plano da mortalidade. Somente subindo ao plano superior da "árvore da vida" é que ele entrará na imortalidade. O homem pode mortalizar-se, e pode também imortalizar-se. A serpente do Gênese simboliza o ego-mortal, o poder que esmagará a cabeça da serpente representa o Eu imortal. Esse processo evolutivo do ego-mortal para o Eu-imortal vai através de todos os livros sacros.

O próprio Cristo se identifica com o Eu-imortal quando se compara à "serpente erguida às alturas", que preserva da morte os que haviam sido mordidos pelas serpentes rastejantes do ego humano.

Na filosofia oriental, aparece a palavra *kundalini*, cujo radical *kundala* significa serpente, símbolo da energia cósmica. A *kundalini* dormente no *chakra* inferior da coluna vertebral representa o subconsciente do homem primitivo; quando ela desperta e rasteja horizontalmente, entra o homem na zona do ego-consciente; e quando *kundalini* se verticaliza e atinge as alturas, então entra o homem no mundo do cosmo-consciente, onde ele se imortaliza.

O homem é potencialmente imortal, ou imortalizável, mas não é atualmente imortal; se assim fosse, não poderia sucumbir à morte metafísica. A imortalização, ou imortalidade atual, é a conquista suprema da consciência cosmo-crística do homem. Nesse sentido afirma o Evangelho: "A tal ponto amou Deus o mundo que lhe enviou seu filho unigênito, para que todos aqueles que com ele tenham fidelidade não pereçam, mas tenham a vida eterna".

Também a história do filho pródigo usa a palavra "morto" em sentido metafísico: o pai daquele jovem diz que seu filho estava morto e reviveu, estava no ego e passou para o Eu. E toda a subseqüente alegria e solenidade só se compreende quando se sabe que simboliza a apoteose de um ser humano que se auto-realizou, passando da ego-consciência mortal para a Eu-consciência imortal.

Também no caso do discípulo que queria sepultar seu pai antes de atender ao convite de Jesus, o Mestre usa a palavra "morte" em dois sentidos, físico e metafísico: "Deixa os (espiritualmente) mortos sepultarem os seus (fisicamente) mortos".

O Credo Apostólico afirma que o Cristo julgará os vivos e os mortos, isto é, os que vivem na cosmo-consciência e os que ainda rastejam na ego-consciência.

Tomé refere as palavras do Cristo divino proferidas através do veículo da personalidade humana de Jesus: "Quem descobrir o sentido destas palavras não provará a morte", quem compreender pela intuição o sentido profundo das palavras deste Evangelho, esse não ficará no plano do ego humano, mas se imortalizará pela consciência do Eu divino.

Compreender não é inteligir, entender, mas é saber ou saborear com todas as potências do espírito. Essa sapiência, ou saboreamento espiritual, só acontece ao homem quando ele se abre rumo ao Infinito em cosmo-meditação, em Cristo-conscientização. A verdadeira meditação é uma invasão Cristo-cósmica na alma do homem. Enquanto o homem é ego pensante, nada de grande lhe acontece; mas, quando ele se torna cosmo-pensado, cosmo-agido, cosmo-vivido, então lhe acontece a invasão cósmica do espírito de Deus, que resolve todos os problemas da vida terrestre e introduz o homem na vida verdadeira.

Nesta primeira palavra do seu Evangelho, Tomé já antecipa uma verdadeira síntese de todas as verdades seguintes. E, à luz dessa intuição mística, indigitou ele o caráter fundamental da sua mensagem. A tal ponto Tomé descreu no princípio, que, por fim, ultrapassou todo o descrer e também todo o crer e atingiu as culminâncias de um saber e saborear crístico.

2. Quem procura, não cesse de procurar até achar; e, quando achar, ficará estupefato; e, quando estupefato, ficará maravilhado — e então terá domínio sobre o Universo.

Comentário:

Repetidas vezes, nos quatro Evangelhos, Jesus insiste: "Procurai e achareis..." Também em outros documentos encontramos a insistência no procurar: "Quem procura, não desista até que ache, e depois de achar ficará estupefato, e, maravilhado, achará o Reino, e, depois de achá-lo, terá domínio sobre o Universo".

A vida do ego humano é como a periferia de uma roda a girar: quanto mais no exterior, tanto maior é o movimento e menor a força; mas, quando o homem entra no eixo da roda, cessa o movimento, porque no centro há força sem movimento, energia tranqüila. Na periferia há quantidade no tempo e no espaço; no centro há qualidade no Eterno e no Infinito. Vida empírico-analítica lá fora — vida intuitiva cá dentro.

Procurar rumo à periferia acaba em morte. Procurar rumo ao centro leva à vida. E esse procurar se torna tanto mais intenso quanto mais o homem se aproxima do centro. Ele sofre e goza a sua procura. Tanto mais procura quanto mais acha. Só quando possui totalmente, deixa de sofrer. Mas, enquanto não atingir o centro de si mesmo, o eixo central do seu Ser, admira-se de que procurar a verdade seja um misto de gozo e sofrimento. Entretanto, esse homem prefere *gozar sofrendo* a *gozar gozando*, porque sente que este é o caminho certo.

Se o homem não fosse potencialmente Deus, não poderia atualmente encontrar Deus. O homem só pode procurar explicitamente o que ele é implicitamente. "Se o olho não fosse solar, jamais poderia ver o sol." (Goethe)

São Jerônimo cita uma palavra de Jesus, talvez tirada do Evangelho de Tomé: "Há uma estupefação que leva à morte — e há uma estupefação que leva à vida".

O homem sempre satisfeito consigo, ou ainda não soletrou o

á-bê-cê do seu ego, ou já ultrapassou esse ego e repousa no Eu. A transição do ego para o Eu é envolta em estupefação e admiração, porque vai em demanda de um novo mundo desconhecido. Mas, uma vez que o homem entre nesse mundo desconhecido de Deus, terá domínio sobre o Universo.

3. Jesus disse: se vossos guias vos disserem: o Reino está no céu, então as aves vos precederam; o Reino está no mar, então os peixes vos precederam. Mas o Reino está dentro de vós, e também fora de vós. Se vos conhecerdes, sereis conhecidos e sabereis que sois filhos do Pai Vivo. Mas, se não vos conhecerdes, vivereis em pobreza, e vós mesmos sereis essa pobreza.

Comentário:

Se o Reino é algo no mundo das quantidades, então o homem tem de alcançar esse Reino no tempo e no espaço das quantidades. Mas, se o Reino é qualidade, então o homem deve despertar em si esse Reino, que é como uma luz sob o velador, como um tesouro oculto, como uma pérola no fundo do mar. O advento do Reino é o despertamento da Realidade do Eu-divino dentro de todas as facticidades humanas. E se esse Reino, que é a luz do mundo, despertar no homem, iluminará todos os setores da vida humana, porque será como uma luz no alto do candelabro, beneficiando todos os que estão na casa.

A mística divina atuará em forma de ética humana; o despertamento da consciência divina transbordará como vivência humana. O Reino de dentro será necessariamente o Reino de fora.

Autoconhecimento é a raiz de toda a auto-realização. Onde falta a raiz vertical não podem expandir-se os ramos horizontais.

O agir ético é uma conseqüência inevitável do ser místico.

4. Jesus disse: o homem idoso perguntará, nos seus dias, a uma criança de sete dias pelo lugar da vida — e ele viverá. Porque muitos primeiros serão últimos, e serão unificados.

Comentário:

Uma criança saiu da Vida Universal e entrou na vida individual. Um ancião está prestes a sair da vida individual e voltar à Vida. A vivência dos vivos aqui na terra é como que um parêntese no texto da Vida Universal; na criança, a vida individual está no princípio, no ancião a vida individual está no fim; a criança abriu o parêntese, o ancião está para fechá-lo. Mas a Vida é Una, eterna, sem princípio nem fim. Não importa o tempo em que alguém entra ou sai da vivência da vida temporária; o importante é que o homem integre a sua vivência temporária na Vida eterna, onde não há criança nem ancião. A vivência é do ego, a vida é do Eu.

A criança pode dizer ao ancião: "Eu vim da Vida, e tu voltas para a Vida".

Essa integração do vivo na Vida não é presente de berço nem dádiva de esquife — é uma conquista da consciência. E onde impera o livre-arbítrio da conquista não há primeiro nem último; essa conquista não depende da idade do corpo, mas da idoneidade do espírito.

O invólucro-ego nos foi dado para que, por intermédio dele, o Eu se realize plenamente. É necessário que a alma encontre resistência no corpo, porque sem resistência não há evolução. O envolvimento da alma espiritual pelo corpo material não tem caráter punitivo, e sim evolutivo. A alma é uma emanação individual da Divindade Universal; mas essa individualidade espiritual é apenas uma potencialidade, que deve transformar-se em atualidade. A alma realizável deve realizar-se plenamente através do corpo; e essa realização se processa através da passagem pelo corpo, que, por enquanto, é grosseiramente material. A realização da alma começa no corpo material e continuará por outros corpos não materiais, até chegar ao corpo mais sutil, que talvez seja o corpo-luz. Quanto mais a alma intensificar a consciência da sua essencial identidade com o espírito divino, tanto mais se aperfeiçoa também o seu invólucro corpóreo.

5. Disse Jesus: conhece o que está ante os teus olhos — e o que te é oculto te será revelado; porque nada é oculto que não seja manifestado.

Comentário:

Aqui se trata de um paralelo entre dois modos de ver: o homem profano vê o que está diante dele, mas não o conhece — ao passo que o iniciado conhece o que não está diante dele. A Realidade não é visível, como as facticidades. A visão puramente empírico-analítica dos sentidos e do intelecto não é conhecimento verdadeiro. O verdadeiro conhecimento é uma intuição, ou introvisão, uma visão de dentro da Realidade, e não uma visão externa, uma extravisão ou pseudovisão de facticidades ilusórias. Quando a *extuição* do profano é substituída pela *intuição* do iniciado, então o homem sabe e saboreia a alma do Universo, que é a Realidade, e a alma do seu próprio ser.

Quem nunca passou da extravisão ilusória para a introvisão verdadeira nada sabe da verdade; e quem não está na verdade não está liberto da ilusão.

Verdade, liberdade, felicidade — estas três são uma só.

6. Perguntaram os discípulos a Jesus: queres que jejuemos? como devemos orar? como dar esmola? E quais os alimentos que devemos tomar?

Respondeu Jesus: não mintais a vós mesmos e não façais o que é odioso! Porquanto todas essas coisas são manifestas diante do céu. Não há nada oculto que não seja manifestado, e não há nada velado que, por fim, não seja revelado.

Comentário:

Atos e fatos externos não têm valor em si mesmos. O que vale é unicamente a atitude interna. Praticar atos e realizar fatos objetivos que não nasceram de uma boa atitude subjetiva é mentir e fingir amar o que na realidade se odeia. O agir deve ser o efluxo do ser. A vivência ética deve ser o fruto espontâneo da consciência mística.

Que devemos comer?

Há pessoas que dão grande importância à qualidade dos alimentos, ao conteúdo do estômago, como se a qualidade espiritual dependesse da qualidade material dos manjares. No Evangelho de Jesus não se encontra uma única prescrição nem proscrição de alimentos, porque, segundo as suas palavras, "o que de fora entra no homem não o torna impuro, mas sim o que de dentro sai do homem".

Da mesma forma, Jesus não prescreveu nenhuma fórmula de oração ritual; o chamado Pai-Nosso não é uma reza ou recitação verbal; é um roteiro espiritual que indica a direção a quem abre a alma rumo ao Infinito. Jesus orava espontaneamente em qualquer lugar: nos montes e desertos, no templo e na sinagoga, entre as dores do Getsêmani e do Gólgota, bem como nas glórias do Tabor. A oração deve ser tão espontânea e natural como a respiração, que acontece ao homem sadio inconscientemente.

Nesta palavra do Evangelho de Tomé, volta o Mestre a frisar que o mundo espiritual é uma Realidade Universal, supraconsciente, e não uma espécie de ocultismo, infraconsciente. As coisas do ego-consciente, ou do id-subconsciente, atraem os profanos, mas a Realidade do Eu-cosmo-consciente encanta o iniciado, porque é manifesta como a luz solar. A magia mental e o ocultismo infra-mental são como uma noite fria de luar, ao passo que a mística espiritual é semelhante a um dia cálido repleto de luz solar.

7. Bendito o leão comido pelo homem, porque o leão se torna homem! Maldito o homem comido pelo leão, porque esse homem se torna leão!

Comentário:

O leão simboliza o ego humano, que o apóstolo Pedro, na sua primeira epístola, identifica com o diabo. Segundo as palavras de Jesus, Satanás ou diabo é o ego-mental do homem, quando se opõe ao Eu-espiritual.

Bendito o Eu-espiritual quando devora e assimila o ego-mental.

Maldito o Eu-divino se se deixa matar e devorar pelo ego-humano.

De acordo com todos os livros sacros, sobretudo do Evangelho do Cristo, o homem-Eu não deve mandar embora o homem-ego, mas sim o colocar na retaguarda da sua vida (*vade retro*). O homem espiritual deve servir-se do homem-físico-mental-emocional para espiritualizar-se cada vez mais; deve integrar o ego no Eu, humano no divino, o seu Jesus no seu Cristo.

A filosofia oriental diz que o homem deve "comer o mundo", isto é, aproveitar-se do mundo, assimilando-o para sua evolução espiritual; mas ai do homem que se deixa comer pelo mundo.

Para que o homem não seja devorado pelo leão, mas possa devorá-lo, deve ele tornar-se tão forte que nenhum leão o possa derrotar.

O homem que vive permanentemente nas profanidades da sociedade não possui força suficiente para triunfar sobre os leões do mundo. Para ser amigo e benfeitor da sociedade, deve o homem isolar-se freqüentemente na solidão do seu interior — e terá forças para integrar em si o leão, em vez de ser desintegrado por ele.

Joel Goldsmith, no seu livro *A Arte de Curar pelo Espírito*, diz que, em sua cidade natal, Honolulu, é considerado como homem anti-social, porque não freqüenta reuniões sociais, não lê jornal, não tem rádio nem televisão, nem recebe visitas inúteis. E ele responde: "Sou um homem anti-social por amor à sociedade, porque, para poder ajudar a sociedade, devo isolar-me em Deus". Quem nunca foi solitário em Deus não pode ser solidário com os homens sem perigo de se perder. Só pode viver no mundo de Deus quem aprendeu a viver no Deus do mundo.

8. Ele disse: o homem se parece com um pescador ajuizado, que lançou sua rede ao mar. Puxou para fora a rede cheia de peixes pequenos. Mas entre os pequenos o pescador sensato encontrou um peixe bom e grande. Sem hesitação, escolheu o peixe grande e devolveu ao mar todos os pequenos. Quem tem ouvidos para ouvir, ouça!

Comentário:

Nestas palavras aparece o homem de consciência cósmica, que sabe lidar com todas as coisas pequenas do mundo material, mental e social, que entram na rede da sua vida diária; mas tem o dom do discernimento espiritual, em virtude do qual distingue de relance o que é importante e duradouro para sua verdadeira evolução; dá a Deus o que é de Deus e dá a César o que é de César; escolhe a "única coisa necessária" de Maria e deixa as coisas facultativas para Marta. Fica com o peixe grande e liberta-se dos pequenos.

Esta pequena parábola faz lembrar as duas parábolas do "tesouro no campo" e da "pérola preciosa", em que o feliz descobridor se desfaz de todas as outras coisas e adquire o tesouro e a pérola.

O homem-Eu possui uma espécie de faro cósmico, ou intuição, em virtude da qual ele discerne o que é qualidade duradoura, e o que é apenas quantidade efêmera; enxerga as coisas *sub specie aeternitatis*, como dizem as biografias dos santos.

O homem profano só se interessa pelas coisas quantitativas, e não percebe a coisa qualitativa.

O homem místico do misticismo unilateral apanha na sua rede somente o peixe grande da espiritualidade isolada.

O homem de consciência cósmica, ou da mística onilateral, apanha na rede da sua vida coisas de toda a espécie, mas devolve ao mundo as coisas sem valor e se apodera da única coisa valiosa. "Examinai todas as coisas", disse Paulo de Tarso, "e ficai com aquilo que é bom".

9. Disse Jesus: saiu o semeador. Encheu a mão e lançou a semente. Alguns grãos caíram no caminho; vieram as aves e os cataram. Outros caíram sobre os rochedos; não deitaram raízes para dentro da terra nem mandaram brotos para o céu. Outros ainda caíram entre espinhos, que sufocaram a semente e o verme a comeu. Outra parte caiu em terra boa, e produziu fruto bom rumo ao céu; produziu sessenta por uma, e cento e vinte por uma.

Comentário:

Esta parábola do semeador é quase igual à dos evangelistas Mateus, Marcos e Lucas, à exceção de divergências insignificantes.

O que é notável em todos os textos é o fato de ter o semeador — que é o Filho do Homem — lançado a semente da palavra de Deus *indistintamente* em terrenos bons e maus. Segundo a nossa agronomia, não devia ter semeado no caminho, no rochedo e nos espinhos, mas exclusivamente em terra boa. Mas, como o principal da parábola não é o *símbolo material*, e sim o *simbolizado espiritual*, o procedimento do semeador é correto; não concorda com a agronomia material, mas condiz com o agronomia espiritual, em que o campo é a alma humana dotada de livre-arbítrio. O solo físico não pode modificar a sua receptividade; mas o solo metafísico, humano, é responsável por sua receptividade, maior ou menor. Sendo a semente a própria palavra de Deus, sempre ótima, a sua diferença de produção não corre por conta da semente, mas por conta do terreno em que é semeada, isto é, a alma humana.

A parábola visa, portanto, a advertir os homens da sua responsabilidade em face da semeadura espiritual; os terrenos improdutivos da humanidade são culpados por sua improdutividade. O livre-arbítrio humano é responsável pelo fato de produzir nada, pouco ou muito.

Aqui está mais uma apoteose do livre-arbítrio do homem, sempre de novo negado por certos cientistas incompetentes. O livre-arbítrio existe potencialmente em todo o ser humano normal; mas a sua atualização depende do desenvolvimento da consciência de cada um. As leis cósmicas produzem não somente creaturas creadas, mas também creaturas creativas. Estas últimas podem crear-se melhores ou piores do que Deus as creou. A semente da palavra de Deus é ótima, mas o terreno humano é variável: mau, bom, ótimo.

10. Disse Jesus: eu lancei fogo sobre a terra — e eis que o vigio até que arda.

Comentário:

O texto dos outros evangelistas difere ligeiramente, mas o sentido é o mesmo.

Em todo o ser humano existe esse fogo divino; existe em estado latente, dormente, potencial, em forma de brasa, por assim dizer. Depende do livre-arbítrio de cada um transformar em viva chama a brasa dormente e não permitir que ele continue apenas como brasa, ou até se apague totalmente. O flamejar do fogo potencial em fogo atual, como aconteceu no primeiro Pentecostes, depende de cada homem. As circunstâncias externas podem, certamente, dificultar ou facilitar esse rompimento do fogo; mas nenhuma circunstância pode impedir a atuação da substância interna.

O *Uno* do Universo, o Creador, creou imensa variedade no mundo do *Verso*, ou das creaturas. Além de creaturas apenas creadas, há algumas creaturas creativas, como o homem aqui na terra. Estas creaturas creativas podem e devem tornar-se melhores do que o Creador as fez, como ilustra maravilhosamente a parábola dos talentos. O homem não deve devolver ao Creador apenas o que dele recebeu, mas deve duplicar com a sua creatividade o talento que recebeu, deve transformar em atualidade a potencialidade recebida; se assim fizer, será "servo bom e fiel"; se não o fizer, será "servo mau e preguiçoso" e perderá até a potencialidade creativa que recebera, perdendo a sua natureza humana; a brasa, em vez de flamejar, se extinguirá.

As leis cósmicas não permitem estagnação, que, cedo ou tarde, acabará em involução; as leis cósmicas exigem imperiosamente evolução, exigem que a brasa da creatividade potencial deflagre em chama viva de creatividade atual.

Diz o texto do Evangelho de Tomé que o fogo potencial no

homem é "vigiado" pelo Cristo até que deflagre em viva chama. É este o Cristo interno presente em cada homem, que deve manifestar-se, como aconteceu em Jesus de Nazaré.

11. Disse Jesus: este céu passará, e passará também aquele que está por cima deste. Os mortos não vivem, e os vivos não morrerão. Quando comíeis o que era morto, vós o tornáveis vivo. Quando estiverdes na luz, que fareis? Quando éreis um, vos tornastes dois; mas, quando fordes dois, que fareis?

Comentário:

Estas palavras do Evangelho de Tomé são de imensa profundidade e dificilmente encontrarão paralelo em outros livros sacros.

O céu físico passará, e mesmo os outros céus — astral, etéreo, mental, ou que outro nome tenham — são estágios evolutivos não definitivos.

Todos os seres que não integrarem a sua individualidade viva na Vida Universal são mortos, porque mortais, embora se considerem fisicamente vivos. O que não é metafisicamente vivo não é realmente vivo. Somente o vivo que se integra na Vida é que é real e definitivamente vivo. Os vivos não integrados na Vida são mortos, pseudo-vivos, mas realmente mortos. Imortal é somente a Vida, a Divindade, o Infinito, o Eterno, o Absoluto; todas as creaturas são mortais, ou então imortalizáveis; nenhuma creatura é realmente imortal; imortal é somente o Creador.

A Sagrada Escritura chama "morto" o homem que vive na ego-consciência, porque não integrou o seu ego, pseudovivo, na Vida; o homem da ego-consciência não é realmente vivo. Realmente vivo é somente o homem da cosmo-consciência, que integrou o seu vivo individual na Vida Universal.

Os verdadeiramente vivos não podem morrer jamais, porque integraram o seu indivíduo potencialmente imortal na Realidade atualmente imortal.

O homem ainda não realmente imortal come coisas mortas, como são todos os alimentos assimiláveis, mesmo os que a ciência chama vivos, como vegetais crus. O homem definitivamente imortalizado não se nutre de nada que seja morto ou mortal.

Quem digere e assimila o morto ou mortal torna-o imortal. Assimilar quer dizer tornar o assimilado semelhante ao assimilador.

A filosofia oriental manda "comer o mundo". O profano, porém, é comido pelo mundo, e por isso é mundanizado ou profanizado. O místico isolacionista recusa comer o mundo e se isola longe do mundo; não é mundano nem mundanizado. Somente o homem cósmico, o místico dinâmico, não é comido pelo mundo nem recusa comer o mundo, mas come o mundo e o digere devidamente; e, neste caso, o mundo, devidamente digerido e assimilado, ajuda o homem a crescer e realizar-se cada vez mais. O homem-cósmico é o homem realmente vivo e imortalizado.

Só o homem, quando definitiva e realmente vivo, não necessita de comer, a não ser luz, que é a última fronteira do mundo material; a luz cósmica é energia descondensada, a substância mais sutil que existe no mundo creado.

O homem, *lucigênito* e *lucificado*, é também *lucífago*.

No princípio, todo o *Verso* era *Uno*. O *Uno* creador manifestou-se no *Verso* creado, em infinitos graus de diversidade e diversificação. Agora o Universo existe como Realidade-*Uno* e Facticidades-*Verso*. Quando o *Verso* morre, volta ao *Uno*, o Vivo se dilui na Vida; ou então, como no homem, o *Verso* do Vivo se integra no *Uno* da Vida. As creaturas infra-humanas se diluem no Creador e deixam de existir como creaturas distintas. Somente o homem, em vez de se diluir, pode integrar-se na Vida do Creador.

12. Os discípulos perguntaram a Jesus: sabemos que nos vais deixar. E quem será então o nosso chefe?

Respondeu-lhes Jesus: no ponto onde estais, ireis ter com Tiago, que está a par das coisas do céu e da terra.

Comentário:

O apóstolo Tiago (em hebraico Jacob) é, no Evangelho, cognominado o Justo; foi, depois da ascensão do Mestre, chefe espiritual da cristandade de Jerusalém, onde morreu mártir.

A este discípulo recomenda Jesus os outros discípulos, após a sua partida, porque "ele está a par das coisas do céu e da terra", isto é, das coisas necessárias ao homem nesta vida terrestre. À primeira vista causa estranheza que o Mestre não tenha mandado seus discípulos ter com Tomé, que, logo no próximo capítulo 13, aparece como o mais esotérico-místico de todos os discípulos. Nem Pedro nem João, o "discípulo amado", são mencionados por Jesus, porque, nessa ocasião, necessitavam eles mais de alguém que os guiasse nas coisas da vida presente, como indicam as palavras "no ponto onde estais".

Aliás, todo o Evangelho copta, encontrado no Egito, se move numa dimensão transcendental, diferente dos quatro Evangelhos chamados "canônicos"; nem mesmo Pedro goza da primazia de que os outros evangelhos o revestem. O Evangelho de Tomé reveste um caráter totalmente espiritual, extraterreno. Uma vez que Tomé, segundo a tradição, demandou a longínqua Índia, depois da ascensão de Jesus, não foi o seu Evangelho atingido pelo espírito dos outros, discutidos, mais tarde, pelas autoridades hierárquicas. O Evangelho de Tomé revela um caráter anterior à teologização dos outros Evangelhos, conservando um espírito puramente místico, que lembra os três primeiros séculos do cristianismo.

13. Disse Jesus a seus discípulos: comparai-me e dizei-me com quem me pareço eu.

Respondeu Simão Pedro: tu és semelhante a um anjo justo. Disse Mateus: tu és semelhante a um homem sábio e compreensivo.

Respondeu Tomé: Mestre, minha boca é incapaz de dizer a quem tu és semelhante.

Replicou-lhe Jesus: eu não sou teu Mestre, porque tu bebeste da Fonte borbulhante que te ofereci e nela te inebriaste.

Comentário:

Pedro e Mateus falam da personalidade humana de Jesus de Nazaré, que um compara com um anjo justo, o outro com um homem sábio. Esses dois apóstolos vêem em Jesus um homem altamente evolvido, muito mais avançado do que outro ser humano aqui na terra; mas nenhum deles visualizou a entidade cósmica dentro da personalidade humana, exatamente como numerosos espiritualistas de nossos dias. Mas, de acordo com o Evangelho e segundo as próprias palavras de Jesus, o Cristo não é uma personalidade humana, e sim a primeira e mais alta emanação individual da Divindade Universal.

No texto acima citado, Tomé não ousa responder à pergunta de Jesus; prefere calar-se a falar, porque qualquer comparação que ele fizesse seria absurda; pois seria sempre uma comparação entre uma creatura humana e outra creatura humana. Mas já nesse tempo Tomé vislumbrava algo para além da personalidade de Jesus de Nazaré; adivinhava o Cristo divino invisível para além do invólucro humano visível. E por isso se calou. E Jesus lhe fez ver que ele, o Jesus humano, não era Mestre de Tomé, desde que Tomé havia bebido e se inebriado da borbulhante fonte da revelação que o Cristo lhe havia oferecido. Quem vislumbra a Realidade espiritual não pode falar, porque entrou na zona dos "ditos indizíveis".

A ciência analítica, a erudição humana, fala — mas a sapiência intuitiva, a visão espiritual, se cala, porque sabe...

Um dia, como referem os Evangelhos, Tomé quis "ver para crer"; mais tarde, porém, como prova o texto acima, ele preferiu "crer para ver" — ou melhor: ter fé, fidelização, sintonia, para ver o Cristo divino no Jesus humano. E quem vê sabe, e quem sabe não fala — cala-se, porque vê e sabe. Os outros falam porque não sabem nem vêem; Tomé prefere calar-se porque bebeu da taça da suprema sabedoria.

13-A. Então levou Jesus Tomé à parte e afastou-se com ele; e falou com ele três palavras. E quando Tomé voltou a ter com seus companheiros, estes lhe perguntaram: que foi que Jesus te disse?

Tomé lhes respondeu: se eu vos dissesse uma só das palavras que ele me disse, vós havíeis de apedrejar-me — e das pedras romperia fogo para vos incendiar.

Comentário:

Quais seriam essas três palavras que Jesus disse a Tomé? Palavras tão inauditas e tão revoltantes que levariam os outros discípulos a apedrejar o companheiro como culpado de blasfêmia? Pensam alguns intérpretes que teriam sido as palavras "Eu sou tu", ou "Tu és eu". Em sânscrito, os iniciados, quando remontam à mais alta sapiência e vislumbram a essencial identidade entre *Atman* e *Brahman*, dizem *Tat twam asi* (Isto és tu). Será que Tomé, depois de beber do cálice da sapiência crística, ouviu do Mestre esta sabedoria suprema? Ele diz que das próprias pedras que seus companheiros lhe atirariam sairia fogo para os incendiar. Deviam, pois, ser palavras de fogo aquilo que o Mestre lhe disse e que ele não pôde dizer a seus companheiros. E como, pouco antes, Tomé havia citado as palavras do Cristo que ele lançara à terra, é possível que esse fogo crístico tenha a tal ponto deflagrado em Tomé, que ele se tornasse um verdadeiro *Cristóforo* ou *porta-Cristo*. Mas os outros não compreendiam essa identidade do Cristo no homem e do Cristo em Jesus.

Tudo isso deve ter ocorrido entre a ressurreição e a ascensão nos quarenta dias que o ressuscitado dava instruções a seus discípulos. Parece que, depois do Pentecostes, Tomé, que fora sempre meio separatista, se separou definitivamente dos colegas palestinenses e se dirigiu ao Egito, onde foram, em 1945, encontrados os preciosos fragmentos que reproduzem parte do seu Evangelho. Nos primeiros séculos do cristianismo, nos desertos áridos da Tebaida, no Egito, viviam centenas de eremitas, solitários iogues cristãos, em perpétua meditação. Possivelmente, Tomé, após a grande revelação das três palavras indizíveis sobre o Cristo, se isolou nessa inóspita solidão. Se ele não podia revelar a Pedro e Mateus as três palavras inefáveis, como as poderia revelar a outros homens mais profanos do que eles? E cada um de nós tem de descobrir dentro de si mesmo esse sacro trigrama.

14. Disse-lhes Jesus: se jejuardes, cometereis pecado. Se orardes, sereis condenados. Se derdes esmolas, prejudicareis ao espírito. Quando fordes a um lugar onde vos receberem, comei o que vos puserem na mesa e curai os doentes que lá houver. Pois o que entra pela boca não torna o homem impuro, mas sim o que sai da boca, isto vos tornará impuros.

Comentário:

As primeiras palavras parecem diametralmente opostas aos ensinamentos de Jesus referidas pelos outros evangelistas. Mas convém não esquecer que Tomé é intransigente defensor da pura interioridade, que condena frontalmente todo e qualquer ato oriundo do ego humano. De fato, jejuar, orar, dar esmola, pode ser pecado, quando esses atos são praticados meramente pelo ego externo, como Jesus faz ver repetidas vezes. A filosofia budista chega a ponto de ver uma profunda e permanente tragicidade em toda e qualquer atividade humana, porque o nosso agir é, quase sempre, um ego-agir, um agir em nome e por amor ao nosso ego ilusório. Parece que nunca nenhum pensador ocidental desceu a esse último nadir de profundidade, de ver tragicidade e pecaminosidade em toda e qualquer atividade humana. Entretanto, o budismo tem razão, porque todo o agir do homem profano é um falso-agir, um agir não somente através do ego, mas também em nome e por amor a esse ego, uma permanente egolatria, ou idolatria, que onera o homem de sempre novos débitos ou *karmas*.

Em face dessa tragicidade do agir, que gera débito, muitos orientais preferem o não-agir ao agir. Somente os grandes Mestres da espiritualidade descobriram uma terceira atitude, eqüidistante do agir e do não-agir, que é o reto-agir, isto é, agir em nome e por amor ao nosso Eu-divino, ao nosso Cristo-interno.

As palavras de Jesus acima referidas condenam jejuar, orar, dar esmola, como falso-agir, agir em nome e por amor ao ego; mas não condenam o reto-agir, agir por amor do Eu-divino, da auto-realização.

Mas, para que o homem possa reto-agir, agir por amor ao seu Eu-divino, embora através do seu ego humano, deve ele conhecer esse seu Eu-divino. De maneira que reto-agir supõe como premissa autoconhecimento.

Na segunda parte da sentença acima, volta o Mestre a demolir um dos mais queridos ídolos de muitas das nossas sociedades espiritualistas, interessadas em fazer depender a evolução espiritual do conteúdo do estômago. Alguns vegetarianos consideram a comida como fator decisivo de espiritualidade, entretanto Jesus nunca deu preceitos sobre isso. Para ele, o alimento mental e emocional é muito mais importante para a espiritualidade do que qualquer alimento material. A saúde espiritual depende mais do que nasce e sai do coração e da mente do que daquilo que entra pela boca e vai para o estômago. Todo homem sinceramente espiritual sabe instintivamente o que lhe convém comer ou não comer; o seu cardápio não lhe é ditado por nenhum livro, preto sobre branco, mas pela intuição da sua alma.

15. Se virdes alguém que não seja filho de mulher, prostrai-vos de rosto em terra e adorai-o — ele é vosso Pai.

Comentário:

Nada menos de 82 vezes o Evangelho usa a expressão "Filho do Homem", exclusivamente para Jesus, o Cristo. "João é o maior dentre os filhos de mulher, mas o Filho do Homem é maior do que ele."

Em face dos relatos de Mateus e Lucas, negando a paternidade de José relativamente a Jesus, deveríamos antes esperar que Jesus fosse chamado filho de mulher. Estranhamente, porém, ele insiste dezenas de vezes no seu título predileto "Filho do Homem". Para compreender esse mistério, temos de remontar a milhares de anos. Os dois citados evangelistas traçam a genealogia de Jesus através dos ascendentes de José — e depois negam a paternidade física dele. Mas essas duas genealogias — uma desde Abraão, outra desde Adão — têm a finalidade de mostrar por quais canais fluiu o elemento vital que cooperou para a formação do corpo de Jesus. Esse elemento é *real*, embora não *material*, uma vez que, segundo os Evangelhos, José não teve contato físico com Maria.

Já no Gênese estava prevista uma geração hominal em vez de animal. Os primeiros seres humanos tinham ordem dos *Elohim* (potências divinas) de "evolver e multiplicar-se"; mas eles se multiplicaram animalescamente, em vez de primeiro evolverem hominalmente, e por isso veio sobre eles a maldição dos *Elohim,* que perdura até o presente.

Também João, no seu Evangelho, fala de homens que "não nasceram da fusão de sangues nem do desejo do varão, nem do desejo da carne, mas de Deus".

No caso de José e Maria — e, possivelmente, de alguns grandes avatares — atualizou-se a potencialidade da procriação hominal prevista no Gênese. Por isso Jesus se intitula constantemente "Filho do Homem", hominalmente gerado, e não animalmente, como outros homens, que, segundo ele, são "filhos de mulher".

No caso da misteriosa entidade de Melquisedec, não houve sequer procriação hominal, tanto assim que os livros sacros afirmam que ele não tinha "geração humana".

A procriação genuinamente hominal parece efetuar-se não através do corpo material, como no animal e no homem de hoje, mas através do corpo astral, ou bioplásmico, como no caso de Jesus, em que esse fator vital é chamado "sopro sagrado" e "potência suprema".

A doutrina teológica de que Maria tenha sido fecundada pelo Espírito Santo é mitologia; em caso algum pode uma mulher humana ser fecundada por uma entidade puramente espiritual. O *pneuma hágion,* de Lucas, é o elemento vital de José, que, através das genealogias milenares referidas por Mateus e Lucas, refinou-se e atuou sobre Maria no momento em que "o Verbo se fez carne". O "esposo divino" (*gabri-el*), José, realizou a fecundação, razão por que Jesus se chama "Filho do Homem", produto de uma geração 100% hominal, que por isso é antes uma *creação* do que uma *procreação.* A humanidade atual só se transanimalizou do pescoço para cima, despertando a inteligência; mas da cabeça para baixo continua animal. O "Filho do Homem", porém, é a antecipação de uma nova humanidade; e por isso devemos prostrar-nos diante dele como diante de um homem plenamente realizado.

16. Talvez os homens pensem que eu vim para trazer paz à terra, e não sabem que eu vim para trazer discórdias à terra, fogo, espada e guerra. Haverá cinco numa casa, três contra dois, dois contra três; pai contra filho, e filho contra pai. E serão solitários.

Comentário:

Palavras análogas aparecem em diversos Evangelhos.

Quando desperta no homem o Cristo interno, logo o ego-humano se revolta contra o Eu-divino, tentando impedir uma "subversão"; porquanto, como diz a *Bhagavad Gita*, o ego é o pior inimigo do Eu, embora o Eu seja o melhor amigo do ego. Uma vez que o ego anticrístico é "o dominador deste mundo, o poder das trevas", uma vez que o ego "tem poder sobre vós", é inevitável que o homem profano não tolere ser deposto do seu governo pelo homem sagrado, mobilizando contra o homem crístico todas as hostes anticrísticas. Nenhum ego mental tolera a transmentalização, a soberania do Eu espiritual; toda a estratégia do Anticristo é uma guerra contra o Cristo em todas as frentes. O Cristo é considerado como um invasor ilegal nos domínios do Anticristo.

E, não raro, essa guerra do ego contra o Eu se projeta também para o plano externo e social, dentro da mesma família, quando em alguns dos seus membros o Eu crístico já despertou, e em outros continua a dormir. Nesse sentido, afirma Jesus: "Os inimigos do homem são os seus companheiros de casa".

Inúmeras experiências na vida de cada homem comprovam essa discórdia entre pessoas da mesma família. O ego só conhece parentesco carnal, nada sabe de afinidade espiritual. Ou, no dizer de Paulo, "carne e sangue não podem herdar o Reino de Deus".

E então os homens cristificados se sentem como solitários no meio de um mundo anticrístico. Mas a sua solidão é uma solidão profundamente feliz.

17. Eu vos darei o que nenhum olho viu, nenhum ouvido ouviu, nenhuma mão tangeu, e que jamais surgiu no coração do homem.

Comentário:

Olhos, ouvidos, mãos, coração — são coisas do ego humano. Mas o que o novo Eu divino nos dá é algo além de tudo isso.

Todo o homem-ego é louco por novidades; corre sem cessar através de coisas novas – e é por causa disso que ele envelhece rapidamente. Quanto mais freneticamente o homem corre em busca de novidades tanto mais rapidamente perde a sua verdadeira vitalidade espiritual. Por quê? Porque não há nada de novo debaixo do sol, como já dizia, há milhares de anos, o sábio rei Salomão. E como todas as supostas novidades são rotina velha em roupagem nova, o caçador dessas velharias envelhece com elas.

Por outro lado, o que nem olhos viram, nem ouvidos ouviram, nem mãos tangeram, nem mente alguma pensou, isso é sempre inédito, por ser eterno; isso renova o homem e não o deixa envelhecer.

O homem eternamente novo é o homem crístico. Quem é dominado por tempo e espaço não pode ficar jovem, porque tempo e espaço são sucessividades que nos fazem envelhecer. Mas quem vive na simultaneidade do Eterno, além de tempo e espaço, no Eterno presente, esse não envelhece, vive na indefectível juventude do *aqui e agora*.

E essa juventude da alma não raro também permeia o corpo. E, mesmo quando o corpo decai, o espírito não é afetado por essa decadência. Tão intensa foi a juventude espiritual do Cristo que o seu invólucro humano Jesus nunca sofreu o menor impacto de uma doença ou enfermidade; nem a morte tinha poder sobre ele sem o seu consentimento. Excetuando Jesus, a história não conhece nenhum homem adulto que nunca tenha estado doente.

18. Perguntaram os discípulos a Jesus: como será o nosso fim?

Respondeu-lhes Jesus: descobristes o princípio para saberdes do fim. Onde há princípio ali também haverá fim. Feliz de quem está no princípio; também conhecerá o fim — e não provará a morte.

Comentário:

Toda creatura que teve princípio também terá fim. Não existe creatura imortal. Imortal é só o Creador, o Infinito, o Eterno, o Absoluto.

Mas a creatura humana, embora não seja imortal, é imortalizável, pode tornar-se imortal. Quando o homem atinge o zênite da intuição e conscientiza que "Eu e o Pai somos um", que há uma única essência em todas as existências, em mim e em Deus, então a existência da creatura se imortaliza e se integra na essência do Creador.

Essa imortalização da creatura imortalizável é o supremo destino do homem aqui na terra; este homem não provará a morte, porque superou a morte pela vida. Aqui na terra começa o processo da imortalização, para culminar em outras regiões do Universo, porque "na casa do Pai celeste há muitas moradas".

19. Disse Jesus: feliz daquele que era antes de existir. Se vós fordes meus discípulos e realizardes as minhas palavras, estas pedras vos servirão. Há no vosso paraíso cinco árvores, que não se movem no verão e no inverno e cujas folhas não caem; quem as conhecer, esse não provará a morte.

Comentário:

O homem *é*, na essência divina do seu Ser, antes de *existir* na existência humana do seu agir. A essência divina da alma vem de Deus; a existência humana vem dos nossos pais e da natureza. A alma é uma emanação individual da Divindade Universal; o corpo material é apenas uma geração transitória.

Quando o homem morre, depois de haver vivido corretamente, imortaliza também o seu corpo, não a matéria, mas a substância imaterial do seu corpo. As cinco árvores do seu paraíso são os cinco sentidos.

Até as pedras e a natureza toda servirão espontaneamente ao homem que se cristificar totalmente; a hostilidade entre a natureza e o homem começou com o despertamento do ego mental, e terminará com o despertamento do seu Eu espiritual. A natureza toda é amiga de Deus, e amiga também do homem divinizado, como mostra a vida de certos homens altamente espiritualizados, como a de Francisco de Assis, e sobretudo do próprio Jesus, que dava ordem aos elementos da natureza e era por ela obedecido.

20. Disseram os discípulos a Jesus: dize-nos a que se assemelha o Reino dos céus.

Respondeu-lhes ele: ele é semelhante a um grão de mostarda, que é menor que todas as sementes; mas, quando cai em terra, que o homem trabalha, produz um broto e se transforma num abrigo para as aves do céu.

Comentário:

A parábola do grão de mostarda se encontra em todos os três Evangelhos sinópticos, Mateus, Marcos e Lucas. O detalhe que Tomé acrescenta é o fato de ser a terra em que cai a semente trabalhada pelo homem. O grão de mostarda é a palavra de Deus, e o terreno é a alma humana, a germinação e o desenvolvimento da planta dependem da idoneidade da terra em que cai. E a maior ou menor idoneidade dependem do livre-arbítrio do homem. O livre-arbítrio é Deus no homem, o Creador na creatura creadora. O livre-arbítrio é o Deus imanente no homem, é a zona onde Deus, por assim dizer, abdicou da sua jurisdição a favor do homem.

A pequenez da semente e a grandeza da planta ilustram bem o fato de ser a vida algo infinitamente pequeno, ou melhor, nulo, *quantitativamente* considerado, embora seja infinitamente grande, *qualitativamente* conscientizada. A Vida é o próprio Creador, os vivos podem tornar-se grandes em extensão quantitativa, porque são efeitos da Vida de infinita intensidade qualitativa.

O qualitativo é pequeno aos olhos dos profanos, que só têm olhos para enxergar o quantitativamente grande. Mas, quando o homem cruza a invisível fronteira entre a visão material e a visão espiritual, descobre ele a grandeza na pequenez, o Tudo no Nada. Essa visão cósmica depende do abrimento do "terceiro olho" da Cristo-vidência.

21. Disse Maria a Jesus: com quem se parecem os teus discípulos?

Respondeu Jesus: parecem-se com garotos que vivem num campo que não lhes pertence. Quando aparecem os donos do campo, dirão estes: deixai-nos o nosso campo. E eles desnudam-se diante deles e lhes deixam o campo.

Comentário:

Maria — a mãe de Jesus, ou alguma das outras Marias do Evangelho — quis saber com quem se pareciam os discípulos de Jesus, e o Mestre deu a maravilhosa resposta acima: o verdadeiro discípulo do Cristo se parece com alguém que vive num campo alheio, exatamente como a alma humana que não vive em sua pátria, mas num campo de imigração terrestre, onde tem de passar alguns decênios para colher experiências através do corpo material, que lhe foi emprestado por seus pais. Este mundo é de outro dono, como afirma o próprio dono quando diz: Dar-te-ei todos os reinos do mundo e sua glória, porque são meus e eu os dou a quem eu quero"; e Jesus confirma as palavras do anticristo dizendo: "O dominador deste mundo, que é o poder das trevas, tem poder sobre vós". A alma humana, que veio de outras regiões, foi enviada temporariamente para o campo alheio desta terra, não por punição, mas para ulterior evolução.

Ultimamente, um grupo de cientistas atômicos da Universidade de Princeton publicou a sua Cosmovisão, ou Gnose, em que declaram que sem uma "resistência" entre espírito e matéria não é possível a evolução do espírito, que em forma individual se chama alma. Resistência é dificuldade, sofrimento, fator indispensável para a evolução.

Depois de certo tempo, os donos do campo Terra expulsam da sua propriedade o imigrante alma, e ela deixa o campo do mundo, sem levar nada, totalmente desnuda no seu Eu espiritual; devolve aos donos do campo até o material do seu corpo, que da terra recebera.

Se Didymos Thomas, o autor deste Evangelho, não tivesse escrito nada senão essas palavras, seria suficiente para incluí-lo entre os grandes iniciados cósmicos da humanidade.

Todo verdadeiro discípulo do Cristo considera-se um emigrante do Além e imigrante do Aquém; não se apega fanaticamente ao campo alheio do mundo material nem o rejeita acerbamente; mas serve-se dele benevolamente para sua evolução ascensional, como um meio para colher experiências na longa jornada através das muitas estâncias que há em casa do Pai celeste.

Graças a ti, Maria, que deste oportunidade a Jesus para dizer tão maravilhosas palavras a seu discípulo Tomé.

21-A. Por isso vos digo eu: se o dono da casa sabe quando vem o ladrão, vigia antes da sua chegada e não o deixará penetrar na casa do seu reino para lhe roubar os haveres. Vós, porém, vigiai em face do mundo; cingi os vossos quadris com força para que os ladrões não encontrem caminho até vós. E possuireis o tesouro que desejais. Sede como um homem de experiência, que conhece o tempo da colheita, e, de foice na mão, ceifará o trigo. Quem tem ouvidos para ouvir, ouça.

Comentário:

Estas palavras são a continuação da parábola precedente sobre a criança inocente em campo alheio. Os donos do campo terra são ladrões profissionais e procuram sempre vos roubar os tesouros do reino da alma. Por isso, deveis estar sempre alerta, para que o mundo profano não penetre no santuário do vosso espírito.

Estar de quadris cingidos é estar prontos para a viagem, dispostos para partir a qualquer momento para regressar do exílio terrestre à pátria celeste, com rica colheita de experiências. Então tereis seguro o tesouro que adquiristes durante a vossa estada no campo alheio da terra.

Tende a visão da vossa maturidade, e não queirais permanecer em terra alheia quando é chegada a hora da vossa partida para regressardes à querência do Além.

Morrer é tão natural como nascer e viver.

22. Jesus viu crianças de peito a mamarem. E ele disse a seus discípulos: essas crianças de peito se parecem com aqueles que entram no Reino. Perguntaram-lhe eles: se formos pequenos, entraremos no Reino?

Respondeu-lhes Jesus: se reduzirdes dois a um, se fizerdes o interior como o exterior, e o exterior como o interior, se fizerdes o de cima como o de baixo, se fizerdes um o masculino e o feminino, de maneira que o masculino não seja mais masculino e o feminino não seja mais feminino — então entrareis no Reino.

Comentário:

O Mestre não espera que seus discípulos sejam crianças, mas que sejam *como* crianças. O que a criança faz por primitiva ignorância, deve o homem espiritual fazer por avançada sapiência. A criança ignorante age por vacuidade, o homem sapiente age por plenitude. Vistos por fora, a criança e o sapiente são muito parecidos, mas por motivos diametralmente opostos, pois os extremos se tocam.

O que *é instintivo* e espontâneo é simples — o que é *intuitivo* e espontâneo também é simples; mas o que *é intelectivo* e artificial é complicado.

O homem unilateralmente erudito é, quase sempre, um homem cheio de complexos e complexidades, cheio de artificialismos e arrevezamentos curvilíneos.

Por outro lado, o homem de sabedoria onilateral, de experiência profunda e vasta, é sempre um homem simples e benévolo, um homem de atitude lhana e retilínea.

Em face do sexo a criança não tem malícia, não se escandaliza com nudez masculina ou feminina, acha tudo natural e puro.

Ao passo que o homem no plano do ego malicia tudo e descobre perversidade em tudo — mas o homem na dimensão do Eu espiritual é cândido como a criança, não por ignorância, mas por sapiência.

No Universo e na humanidade tudo é bipolarizado; mas no homem-ego essa bipolaridade tem caráter de *contrariedade,* ao passo que no homem-Eu essa bipolaridade se transforma numa harmoniosa *complementaridade*. De maneira que o *dois*, sem deixar de ser dois, aparece como *um* perfeitamente unificado.

O homem-Cristo-cósmico vê o *Uno* no *Verso* e vê o *Verso* no *Uno*, porque atingiu as alturas do homem univérsico, do homem integral, a que se refere Jesus nas palavras acima citadas.

23. Disse Jesus: eu vos escolherei, um entre mil, e dois entre dez mil. E eles aparecerão como um só.

Comentário:

O homem-sensorial é pluralista.

O homem-mental é dualista.

O homem-espiritual é unista ou monista.

Pelos sentidos o homem percebe o Universo como uma imensa diversidade sem a menor unidade.

Pela inteligência, o homem analisa o Universo como uma dualidade entre causa e efeito.

Pela razão espiritual o homem intui o Universo como uma Essência Una e única que se manifesta em existências múltiplas.

O homem-univérsico, o homem da cosmovisão, existe e sempre existiu sobre a face da terra, mas é ainda uma pequena elite; a grande massa é ainda pluralista ou dualista. O homem monista é apenas um entre mil, ou dois entre dez mil.

Essa visão monista começa, quase sempre, como monismo unitário, como uma visão do Uno no Uno, como uma experiência mística da Essência Única da Divindade Divina, da Realidade solitária. Pouco a pouco, o monismo unitário se expande num monismo diversitário, como Realidade Univérsica, como o Deus do mundo no mundo de Deus; o misticismo unilateral se desdobra em mística onilateral; a consciência mística desabrocha em consciência cósmica.

O homem de consciência cósmica vê Deus no mineral, no vegetal, no animal, no hominal. Vê a única essência transcendental como existência imanente, inconsciente no mineral, subconsciente no vegetal, semiconsciente no animal, ego-consciente no homem intelectual — e pleniconsciente no homem racional.

Essa longuíssima jornada ascensional do ser humano tem o seu início aqui no jardim de infância do planeta terra; mas continuará, por milhares de anos, séculos e milênios, através das muitas estâncias que há na casa do Pai celeste, nesse Universo de incomensurável grandeza e amplitude.

Quanto mais o homem progride nessa jornada evolutiva rumo à Essência Una, mais ele se une aos outros companheiros de jornada, até finalmente se tornar Uno com os outros.

Se Sócrates, Platão e Jesus, escreve Santo Agostinho, se tivessem encontrado, teriam harmonizado admiravelmente em suas idéias.

Uma só é a Verdade, muitos são os caminhos que conduzem à Verdade. Um viajor que vem do norte parece ser contrário ao que vem do sul; um viajor que vem do leste parece ser adversário de outro que vem do oeste. Entretanto, todos são unidos quando vistos do centro, embora pareçam desunidos e contrários quando contemplados da periferia.

"Creio na comunhão dos santos", diz um dos artigos do Credo Apostólico. A comunhão dos santos é a convergência dos viajores rumo à Verdade única; é a complementaridade de todos os pólos aparentemente contrários.

A divergência é da massa — a convergência é da elite.

A discórdia é dos muitos — a concórdia é dos poucos.

Hoje em dia está crescendo notavelmente a elite e diminuindo a massa. Cada vez maior é a fome da religião — e cada vez maior é o fastio das religiões.

Quanto mais o homem se aproxima de Deus, tanto mais o homem se aproxima dos outros homens.

Quanto mais crescer a consciência mística da paternidade única de Deus, tanto mais crescerá a vivência ética da fraternidade dos homens.

A verdadeira mística transborda em verdadeira ética.

24. Seus discípulos pediram: mostra-nos o lugar onde tu estás; porque nós o devemos procurar.

Respondeu-lhes ele: quem tem ouvidos, ouça! Há luz dentro de um ser luminoso, e ele ilumina o mundo inteiro. Se não o iluminar, ele é treva.

Comentário:

Milênios antes do nosso tempo disse Moisés que a luz foi a primeira creatura de Deus, e da luz vieram todas as outras coisas.

Em nosso século escreveu Einstein que todas as coisas são produto da luz; todas são lucigênitas e todas podem ser lucificadas.

Mas, além da luz externa, há uma luz interna, que é a causa e fonte daquela.

"Eu sou a luz do mundo — vós sois a luz do mundo." A luz do mundo, de que o Cristo fala, é a luz metafísica, que creou a luz física.

Espírito é luz metafísica, luz imaterial, luz invisível.

A alma humana é uma emanação dessa luz infinita.

Quando o homem chega à plena consciência da sua alma-luz, então ele ilumina o ambiente em que vive, e, por fim, lucifica as próprias coisas opacas, tornando-as transparentes como uma luz intensa diafaniza o prisma que permeia. A intensificação da luz da alma depende da conscientização. Quando o homem atinge o zênite da sua conscientização, então ele sabe e saboreia: "Eu e o Pai somos um; o Pai está em mim e Eu estou no Pai".

O principiante pensa que o Céu seja um certo lugar a que o homem deva ir; mas o iniciado sabe que o Céu é a conscientização da luz da alma.

A luz física tem a tendência de se difundir exteriormente em todas as direções; e tanto maior é a expansão da luz quanto mais intensa for a sua concentração. A mesma lei rege também a luz metafísica, quanto mais intensamente o homem se concentra em si mesmo, tanto mais extensamente irradia ele essa luz em derredor em benefício dos outros. O maior benfeitor da humanidade é o místico focalizado na luz divina. A grande lei da "constância das energias", que a física conhece, impera também na metafísica: nenhuma energia se perde; todas as energias são constantes e se transformam.

Nesse sentido, dizia Mahatma Gandhi: "Quando um único homem chega à plenitude do amor, neutraliza o ódio de muitos milhões".

Ninguém pode fazer bem aos outros sem ser bom em si mesmo.

Ninguém pode difundir luz para os outros sem ser luz em si mesmo.

Se o homem não for luminoso em si, será treva para si e para os outros.

25. Disse Jesus: ama a teu irmão como a tua própria alma e cuida dele como da pupila dos teus olhos.

Comentário:

Por mais estranho e paradoxal que pareça à primeira vista, o verdadeiro amor é auto-amor ou auto-afirmação. Aos inexperientes parece isso puro egoísmo, porque eles entendem por *autós* o seu ego, e não o seu Eu. O nosso Eu, porém, é Deus, é a alma do Universo, é o Uno e o Infinito da Essência, embora manifestado existencialmente na forma individual do Eu. Por simples coincidência da nossa língua, o Eu é parte da palavra Deus, e Deus é um alargamento de

Eu. O meu Eu, minha alma, meu *atman*, é o próprio Deus universal e transcendente em forma individual e imanente.

Graficamente, poderíamos ilustrar essa verdade do modo seguinte:

Fig.1

Fig.2

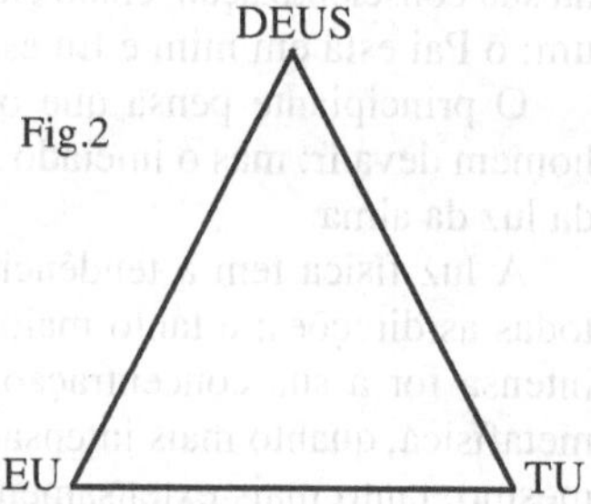

Se o Eu ama o Tu *linearmente*, há um amor de ego para ego. Mas se o Eu ama o Tu *triangularmente*, *via* Deus, então o Eu ama o Tu, não como um ego humano, mas como um Eu divino; o Eu ama no Tu o mesmo Deus que ele ama em si mesmo. De maneira que quem ama a Deus realmente, integralmente, ama-o a) em Deus, b) no Eu, c) no Tu; ama o único Deus na fonte Deus e em dois canais humanos, no canal Eu e no canal Tu.

Amar Deus em Deus e Deus no Eu é experiência mística; amar Deus no Tu é vivência ética. A verdadeira ética é um transbordamento natural e espontâneo da mística.

Amar seu próximo apenas linearmente, como no primeiro caso, é apenas altruísmo ou moralidade, mas não é verdadeira ética.

A vivência ética da fraternidade humana supõe necessariamente a experiência mística da paternidade divina.

É este o sentido profundo das palavras de Jesus acima citadas: amor-alheio é o transbordamento espontâneo do amor-próprio bem entendido: ama teu *próximo* como a ti *mesmo* – suposto que esse amor-próprio seja amor de Deus no homem.

26. Jesus disse: tu vês o argueiro no olho do teu irmão, e não vês a trave no teu próprio olho. Se tirares a trave do teu próprio olho, verás claramente como tirar o argueiro do olho do teu irmão.

Comentário:

Estas mesmas palavras se encontram em Mateus e Lucas. O sentido é por demais conhecido e não necessita de ulterior elucidação. Todo o homem sem autoconhecimento enxerga facilmente os erros pequenos em seu semelhante, mas não percebe os erros grandes dele mesmo. Para os erros pequenos dos outros, o egoísta usa uma lente de aumento; para os erros próprios ele inverte a lente, de maneira que ela diminui, em vez de aumentar, os seus próprios defeitos.

Tudo isso é conseqüência da falta de autoconhecimento. Quem se conhece realmente a si mesmo percebe com facilidade até os menores deslizes em si mesmo e presta pouca atenção às faltas do próximo; e, no caso que as perceba, não é para censurar, mas para ver se pode ajudar a corrigi-las.

Esta última parte vem expressa com palavras cautelosas: não diz o Mestre que o homem vai tirar do olho do próximo o argueiro dos pequenos erros; mas diz que o homem de autoconhecimento se torna tão vidente, tão clarividente, para descobrir um modo como tirar, ou para mostrar ao outro como ele mesmo pode corrigir os seus defeitos. Na realidade, ninguém pode fazer o outro *bom,* só lhe pode fazer *bem,* mostrando-lhe o caminho de ele mesmo se fazer bom. Cada um deve fazer-se bom por si mesmo. O que o homem bom pode fazer é crear em torno de seu semelhante um ambiente tão favorável que ele resolva tornar-se bom. Esse ambiente favorável não consiste primariamente em atos e bons conselhos, nem no bom exemplo, mas sim numa permanente atitude de ser bom. Ser bom quer dizer ter a consciência humana sintonizada com a consciência divina e viver de acordo com essa atitude permanente. O maior impacto benéfico que um homem pode exercer sobre outro homem é ser bom, crear e manter uma permanente sintonia entre si e o Infinito.

27. Se não jejuardes em face do mundo, não achareis o Reino; se não guardardes o sábado como sábado, não vereis o Pai.

Comentário:

Frases tão enigmáticas como estas fazem lembrar Lao-tsé no seu *Tao*. Pela tradição, consta que Tomé esteve na Índia, e na catedral de São Tomé, em Madras, existe o seu túmulo.

Que é jejuar em face do mundo?

Que é guardar o sábado como sábado?

Jejuar é abster-se do alimento. Jejuar em face do mundo é abster-se das coisas do mundo. Quem se alimenta das coisas do mundo material sem as transformar é um homem profano, e não um homem espiritual.

Quem não guarda o dia do descanso para dar descanso ao ego e ativar o Eu, esse não celebra devidamente o dia do descanso.

Jejuar e descansar não quer dizer necessariamente fugir, abandonar, mas sim libertar-se da tirania do mundo, mesmo vivendo no meio do mundo. O verdadeiro iniciado pode viver no meio do mundo sem ser do mundo. O semi-iniciado tem de abandonar o mundo para não sucumbir ao mundo.

O profano vive impuro no meio dos impuros.

O semi-iniciado vive puro longe dos impuros.

O pleni-iniciado vive puro no meio dos impuros.

O primeiro é como lama.

O segundo é como água.

O terceiro é como luz.

"Vós sois a luz do mundo."

No princípio, o homem é ego-pensante, ego-vivente, ego-agente — o profano.

Depois ele se torna cosmo-pensado, cosmo-vivido, cosmo-agido — o místico.

Por fim o homem se torna cosmo-pensante, cosmo-vivente, cosmo-agente — o homem-cósmico, crístico.

Jejuar em face do mundo é viver no meio do mundo profano sem se mundanizar nem se profanizar.

28. Jesus disse: eu estava no meio do mundo e me revelei a ele corporalmente. Encontrei todos ébrios, e não encontrei nenhum deles sedento. E minha alma sofria dores pelos filhos dos homens, porque eles são cegos no seu coração e nada enxergam. Assim como entraram no mundo vazios, querem sair do mundo vazios. Agora estão bêbados, e só se converterão se abandonarem o seu vinho.

Comentário:

O homem profano vive numa permanente embriaguez das coisas do ego material-mental-emocional. E por isso não tem sede das coisas espirituais do Eu. É cego para a Verdade, porque só enxerga as ilusões.

Todo homem entra neste mundo sem nada, mas não deve sair do mundo sem nada. A razão de ser da nossa encarnação terrestre é adquirirmos algo que não nos foi dado, crearmo-nos mais do que Deus nos creou. De Deus recebemos a nossa alma como carta branca; mas não lha podemos devolver como carta branca. Se devolvermos a Deus o que de Deus recebemos, seremos iguais àquele "servo mau e preguiçoso" da parábola dos talentos, que devolveu o mesmo talento que recebera.

A nossa missão terrestre é realizarmos pelo poder creativo do livre-arbítrio valores que Deus não nos deu, mas para cuja creação nos deu potencialidade creativa. O homem deve atualizar as suas potencialidades creadoras; isto é, ser "servo bom e fiel e entrar no gozo do seu Senhor".

Quanto ao corpo, sim, sairemos do mundo assim como no mundo entramos, sem nada. O corpo nos foi emprestado como embalagem pelos nossos pais e pela natureza. Devolveremos à natureza o que da natureza recebemos. Mas temos de restituir a Deus o que de Deus recebemos mais aquilo que creamos com o nosso livre-arbítrio, porque o homem não é apenas uma creatura creada, como os animais, mas uma creatura creadora. Quem pode, deve; e quem pode e deve e não faz, crea débito — e todo débito gera sofrimento.

O homem é uma creatura potencialmente creadora, e seu dever é fazer-se uma creatura atualmente creadora.

É essa a grande Verdade insinuada pelas palavras de Jesus acima citadas.

29. Jesus disse: se a carne foi feita por causa do espírito, é isso maravilhoso. Mas, se o espírito foi feito por causa do corpo, é isso a maravilha das maravilhas. Eu, porém, estou maravilhado diante do seguinte: como é que tamanha riqueza foi habitar em tanta pobreza?

Comentário:

O corpo humano é produto do espírito — e que produto maravilhoso!

Mas será que a nossa alma é produto do corpo? À primeira vista, parece que não. E, no entanto, também esse paradoxo é um fato ainda mais maravilhoso do que aquele. Sem o nosso corpo, a alma não se teria evolvido. Antes da nossa encarnação, o nosso espírito era espírito, um espírito individual, emanado do Espírito Universal da Divindade. Mas, antes da nossa encarnação, o nosso espírito não era alma, não era *anima,* porque ainda não animava o nosso corpo. Desde a nossa encarnação terrestre, o nosso espírito é a alma que anima a matéria do nosso corpo.

E que maravilha a nossa alma fez do nosso corpo! Quanto mais estudamos os componentes do nosso corpo, o coração, os pulmões, as vias digestivas, o cérebro, os nervos, as células, as moléculas, os átomos, o nosso sentir e pensar, o nosso querer e amar — tanto mais estupefatos nos quedamos em face desse universo em miniatura que é o homem.

Mas a nossa estupefação atinge a sua culminância quando nos tornamos plenamente conscientes desse paradoxo dos paradoxos, porque tamanha riqueza espiritual foi habitar em tamanha pobreza material, transformando a impotência da matéria na potência do espírito.

Parece que a Divindade creadora quis dar uma prova da sua onipotência, reunindo em síntese tão flagrantes antíteses como espírito e matéria, luz e treva, vida e morte, atividade e passividade.

Em face disso, exclama o Salmista: "Que é o homem, Senhor, que dele te lembres? E o Filho do homem que o visites? Pouco abaixo dos anjos o colocaste, de honras e glórias o coroaste e o constituíste sobre as obras das tuas mãos".

E Paulo de Tarso afirma que o corpo humano é o templo do Espírito Santo, habitáculo da própria Divindade.

Por isso, pecado não é só um crime contra o Espírito, mas também contra o corpo, um sacrilégio contra o templo do Espírito Santo.

De dois modos pode o homem profanar este templo sagrado: ou por *hipertrofia* ou por *atrofia*. Quem cuida somente do corpo e negligencia a alma, comete profanação. Quem maltrata o seu corpo, sob pretexto de cuidar da alma, também profana o templo de Deus.

Que grande sabedoria vemos em Jesus, que nunca hipertrofiou nem atrofiou o seu corpo, mas sempre manteve perfeita harmonia entre o santuário do seu corpo e o espírito que habita nesse santuário. Ele, o "homem sem pecado", era também o homem sem doença; ele, o homem perfeito, o homem cósmico, o homem integral.

30. Disse Jesus: onde há três deuses, são deuses. Onde há dois ou um, eu estou com ele.

Comentário:

Deuses, na linguagem esotérica de Jesus, são manifestações individuais da Divindade Universal. Ele mesmo se chama "Deus", e chama "deuses" os homens: "vós sois deuses", isto é, emanações individuais da Divindade.

Há quase dois mil anos os teólogos discutem se o Cristo era Deus; uns afirmam, outros negam — e não chegam a um acordo. Mas, pelo Evangelho, é evidente que ele se chamava Deus; nunca, porém, se identificou com a Divindade, que ele chama Pai: "Eu e o Pai somos um, o Pai está em mim e eu estou no Pai — mas o Pai é maior do que eu". Logo, ele é Deus, mas não é a Divindade; ele é um Deus-creatura, não a Divindade-Creadora. Nesse sentido, escreve Paulo de Tarso: "O Cristo é o primogênito de todas as creaturas". Logo, o Cristo é creatura, mas não deixa de ser Deus. Há muitos deuses, há uma só Divindade.

Quando um ou dois homens se afastam da ruidosa sociedade e entram na silenciosa solidão, então percebem eles a presença do Cristo. Esse Cristo está conosco todos os dias até a consumação dos séculos; mas nem sempre o homem tem consciência da presença do Cristo. Para conscientizar o Cristo presente, deve o homem afastar-se temporariamente do ruído da sociedade e entrar no silêncio da solidão.

Esse silêncio, porém, não é apenas material, mas também mental e emocional.

Quando o ego se esvazia de todo e qualquer ruído material-mental-emocional, então entra ele no silêncio total, e então pode ser plenificado conscientemente pela plenitude do Cristo.

O ego-esvaziamento preludia a Cristo-plenificação.

Quando o silêncio e a solidão atingem o seu clímax, então desaparece toda a pluralidade e toda a dualidade, e impera suprema unidade: Deus-Eu-Universo — tudo é um. Quando o homem se diviniza, ele se universifica. Todas as pluralidades e dualidades se afogam numa unidade cósmica.

31. Nenhum profeta é aceito em sua cidade, nem pode um médico curar os que o conhecem.

Comentário:

A primeira destas palavras é conhecida pelo Evangelho de Lucas, quando se refere à incredulidade dos nazarenos.

A segunda parte é peculiar ao Evangelho de Tomé.

Ambas essas sentenças de Jesus focalizam uma verdade fundamental da vida humana: o que é cotidiano não impressiona nem exerce impacto decisivo. O fator "mistério" é importantíssimo. Mistério é tudo aquilo que transcende a zona empírica dos sentidos e o mundo analítico do intelecto. A palavra grega *mystés,* de que derivamos mistério, místico, corresponde ao vocábulo latino *sacrum,* de que vem sacramento, sagrado. Ambas as palavras significam: oculto, secreto e ignoto.

O que está ao alcance do ego não é misterioso, não é sagrado, e por isso não exerce nenhum impacto decisivo sobre o homem. O que pode curar os males do ego é somente o misterioso, o sacro, o carismático, o Eu cósmico.

Ego não cura ego.

Pecador não redime pecador.

Horizontal não retifica horizontal.

Profano não sacraliza profano.

Onde não há mistério, sacralidade, nada de grande acontece.

Se Deus não fosse eterno mistério, não haveria religião sobre a face da terra. Se Deus fosse apenas *imanente,* e não *transcendente*, toda a religiosidade acabaria em camaradagem banal. Se Deus fosse apenas uma longínqua transcendência, poderíamos temê-lo, mas não amá-lo. Mas, quando Deus nos é assaz propínquo para ser amado, e assaz longínquo para ser temido, então nasce uma religiosidade tão fascinante que eclipsa tudo que se possa dizer e pensar.

Esse mesmo fenômeno ocorre também nas relações humanas, sobretudo no plano do masculino e feminino: onde há somente distância sem proximidade, não há amor verdadeiro. Por outro lado, onde há excessiva proximidade sem a devida distância nas relações de homem e mulher, forma-se uma intimidade sem reverência, que não tardará a enfastiar um homem genuinamente masculino e uma mulher autenticamente feminina.

A natureza toda, desde o macrocosmo sideral e atômico, e até ao microcosmo hominal, obedece à lei da bipolaridade. Atração e repulsão, centripetismo e centrifuguismo — são os dois pólos sob os quais gira toda a harmonia cósmica, o Uno e o Verso que formam o Universo.

Ninguém é profeta em sua terra, por falta de distância, transcendência, mistério.

Um médico não pode curar os seus familiares e conhecidos, porque a parte material da medicina é apenas um excipiente ou veículo; o que realmente cura o doente é a fé no *homo-natura,* e não a confiança no *homo-medicus*. E esse elemento *natura* é algo eternamente misterioso. Até um simples copo d'água pode curar uma doença, desde que o doente tenha 100% de fé nessa água. Sugestão não é ilusão — é uma subgestão, uma gestão de profundidade, uma atuação da alma do Universo. Em toda e qualquer terapia, o ingrediente fé é decisivo, porque é o impacto cósmico sobre a natureza humana. E esse ingrediente mistério é tanto maior quanto mais distante e ignoto for o seu veículo. Nunca nenhum médico nem remédio curaram o doente; o que cura é sempre a natureza, e a alma da natureza é infinitamente misteriosa — é a própria Divindade.

Só um profeta longínquo exerce impacto decisivo. Só um médico ignoto erradica a raiz de uma doença.

32. Jesus disse: uma cidade situada num monte e fortificada não pode cair, nem pode permanecer oculta.

Comentário:

Este símbolo material referente à inexpugnabilidade de uma cidade situada no alto de um monte deve ser entendido nas condições dos tempos antigos, quando não havia ainda bombardeios aéreos.

Além de ser inexpugnável uma cidade construída no cume de um monte, ela é visível de todos os lados à grande distância.

O simbolizado espiritual desse símbolo material é o caráter do homem que atingiu o cume da sua natureza e lá edificou a sua fortaleza: sobre o seu Eu divino, inexpugnável pelas hostes do seu ego humano ou de outras potências inferiores. As potências do inferno jamais prevalecerão contra esse homem.

Esse homem também não pode permanecer oculto por muito tempo. Ele é como uma luz no alto do candelabro que ilumina a todos que entram em sua casa, que dele se aproximam.

Essa notoriedade do homem espiritual nada tem que ver com vaidades de publicidade, que caracterizam o homem profano. As palavras tantas vezes repetidas por Jesus "nada é oculto que não seja manifestado" se referem ao íntimo caráter das leis cósmicas, que, cedo ou tarde, fazem conhecidas as coisas mais espirituais.

Em pleno século XX temos exemplo disto: quem viveu mais oculto do que Ramakrishna e Maharishi? E agora o mundo inteiro está inundado de livros sobre esses místicos anônimos.

Mahatma Gandhi e Albert Schweitzer fizeram o possível para desaparecerem no anonimato — e hoje são nomes de projeção internacional.

Os verdadeiros valores serão manifestados pela própria natureza da alma do Universo, invisível como átomo e visível como o cosmo.

Em nossos dias, grandes empreendimentos espirituais nasceram gloriosamente e morreram ingloriamente, porque seus protagonistas cometeram o erro anticósmico de porem à frente de suas obras a pessoa e vaidade do seu ego. É impossível subornar as leis cósmicas. Por mais bem camuflada que seja a tentativa de suborno ou de contrabando, a obra vai ser destruída quando baseada em motivos egoístas. As leis cósmicas, que são as leis de Deus, não colaboram com nenhuma espécie de egoísmo, ganância, ambição, vaidade, personalismo, etc. E, se Deus é contra nós, não adianta dinheiro nem prestígio político.

A fim de garantir a perpetuidade de um empreendimento espiritual deve o homem edificar a sua fortaleza no cume do monte sagrado do seu Eu divino, e não nas baixadas do seu ego-humano.

33. O que ouvirdes com um ouvido, anunciai-o com o outro do alto dos telhados; porque ninguém acende uma lâmpada e a põe debaixo do velador nem em lugar oculto, mas sim no candelabro, para que todos os que entram e saem vejam a luz.

Comentário:

Quem mergulhou na Verdade libertadora dentro de si mesmo sente o impulso irresistível de proclamá-la aos outros. Quem tem verdadeira experiência de Deus não pode deixar de proclamá-la por sua vivência, não tanto por palavras, nem mesmo com atos externos, mas com a sua própria atitude interna. O íntimo ser do homem atua mais poderosamente do que qualquer externo agir, dizer ou fazer. A irradiação externa da luz é diretamente proporcional à sua intensidade interna. "Fazei brilhar a vossa luz diante dos homens, para que eles vejam as vossas boas obras e glorifiquem vosso Pai celeste" — não glorifiquem vosso ego humano, como querem os não iniciados, porque esse ego é apenas o canal, mas as águas vivas vêm da Fonte.

Há uma pseudomodéstia que pretende ocultar a luz das boas obras, a fim de evitar vanglória. Quem está em perigo disso faz bem em ocultar a sua luz; mas um homem realmente espiritual não corre perigo de envaidecimento. Se, segundo as palavras do Mestre, nós somos a luz do mundo, não há perigo de contaminação, porque a luz é a única coisa incontaminável.

34. Disse Jesus: quando um cego guia outro cego, ambos cairão na cova.

Comentário:

Nos outros Evangelhos aparecem as mesmas palavras em conexão com os "guias cegos" da Sinagoga de Israel.

Mas essas palavras valem também num sentido geral para cada homem, e sobretudo para os diretores espirituais.

O ego humano é um cego, não tem a vidência da Verdade libertadora. Se esse cego não se deixar guiar por um vidente, desvia do caminho certo. O guia vidente seria o Cristo interno, a alma; mas, se ela mesma não tem a devida experiência do seu Cristo, esse ego cego é guiado por outro ego cego.

Daí a imperiosa necessidade de despertar em si o Eu vidente. Auto-realização é impossível sem esse autoconhecimento.

Estamos vivendo na *era dos gurus*. Por toda parte, desde o Oriente até o Ocidente, há homens que se arvoram em Mestres e congregam discípulos. Os mestres prometem e conferem "iniciação" a seus discípulos; alguns até oferecem diplomas ou certificados de iniciação. Nesse processo há dois iludidos: o iniciador e o iniciado. Nenhum homem pode iniciar outro homem; não existe alo-iniciação; só existe auto-iniciação. Jesus, o maior dos Mestres espirituais, nunca iniciou nenhum de seus discípulos, durante os três anos de sua atividade pública. Entretanto, no dia de Pentecostes, 120 dos seus discípulos se auto-iniciaram, depois de nove dias de silêncio e meditação.

O que o Mestre pode fazer é pôr setas na encruzilhada, indicando o caminho certo aos iniciandos. Mas a iniciação é obra de cada iniciando iniciável. Se o Mestre não é um verdadeiro iniciado na Verdade libertadora, nem sequer pode colocar setas no caminho, porque ele mesmo ignora o caminho certo — é um guia cego guiando outro cego.

Revela grande presunção um homem querer declarar que alguém é iniciado; iniciação é um processo misterioso que ninguém conhece, a não ser o próprio iniciado. Dar certificado de iniciação a alguém revela tanta ignorância quanto arrogância. É possível iniciar alguém *ritualmente*, mas não *espiritualmente*. Se um ritualmente iniciado se considera realmente iniciado, é um pobre iludido.

Uma das maiores fraudes espirituais da humanidade de hoje se chama iniciação.

35. Jesus disse: ninguém pode penetrar na casa do forte e prendê-lo, se antes não lhe ligar as mãos; só depois pode saquear-lhe a casa.

Comentário:

Quem é este forte?

Nos outros Evangelhos, este texto é relacionado com o episódio em que Jesus expulsara um demônio, e seus inimigos o acusaram de ser aliado de Satanás ou o diabo. Então Jesus fez o paralelo entre "o forte", que é Satanás, e "o mais forte", que é o Cristo. Podemos, pois, admitir que também aqui, no Evangelho de Tomé, o forte seja Satanás.

Por outro lado, Jesus identifica Satanás com o ego-humano,

quando este se opõe a Deus; assim no caso de Pedro, cujo ego é chamado Satanás. Também Judas quando descrente das palavras de Jesus é chamado diabo, palavra grega equivalente ao hebraico *satan*, adversário.

O forte é, pois, o ego humano, antidivino, anticrístico.

E o mais forte?

Se o forte no homem é seu ego, o mais forte é seu Eu, sua alma. Para que a alma espiritual possa penetrar na casa do ego mental, é necessário que ela seja mais forte do que este; só assim o pode prender e apoderar-se dos seus haveres.

Este texto é, pois, um convite para auto-realização. Enquanto o homem está dominado pelo seu ego humano, o mais forte, o seu ser divino não pode penetrar nos domínios do ego poderoso.

É pois necessário que o Eu divino se fortaleça a ponto de se igualar, ou até superar o poder do anticristo no homem.

Como fortalecer o Eu divino no homem? E por que o fortalecer se o Eu é Deus? Não basta revelá-lo? Não deveríamos antes falar em auto-revelação em vez de auto-realização?

É verdade que o Eu é Deus, é o Pai em nós, é o Cristo interno — e, apesar disso, deve todo homem realizar o seu Eu, o seu Deus, o seu Cristo.

Deus em sua transcendência, em sua essência, não pode ser realizado, porque é a própria realidade. Mas o Deus em sua imanência, em sua existencialidade humana, pode e deve ser realizado.

A tarefa do homem aqui na terra é realizar o seu Deus, que consiste no despertamento da consciência divina. Essa realização de Deus no homem não se faz a não ser por meio de resistência, de dificuldade e sofrimento. Assim como na física, a eletricidade só se revela como luz, calor e força, quando encontra resistência nos filamentos metálicos da lâmpada (luz), na passagem por um ferro cromado (calor) ou por um enrolamento no dínamo (força) — de modo análogo também na metafísica: o espírito de Deus individualizado, em forma de alma, encarnou na matéria para se realizar pela resistência que encontra em luta com a matéria. Quando a alma é derrotada pela matéria, ela se extingue; mas, quando ela é vencedora da matéria, ela se realiza plenamente. Quanto maior a resistência (sofrimento) e quanto maior a superação da matéria, tanto mais se fortalece e realiza a alma. O mais forte derrota o forte.

36. Disse Jesus: não andeis preocupados, da manhã até a noite, e da noite até a manhã, sobre o que haveis de vestir.

Comentário:

Os outros evangelistas referem essas mesmas preocupações dos profanos com mais palavras.

Quando o homem vive no estreito círculo visual e mental do seu pequeno ego humano, as necessidades materiais da vida diária enchem as 24 horas do seu dia, não só da manhã até a noite, mas também da noite até a manhã; nem o deixam dormir sossegado, e assim lhe vão abreviando a vida e fazendo da sua vida um inferno.

E essas preocupações não são apenas dos pobres, que não possuem o necessário para uma vida decentemente humana, são ainda mais dos ricos, que quanto mais possuem, tanto mais desejam possuir; e os desejos do ego humano não conhecem fim. O homem profano vive num eterno círculo vicioso: quanto mais tem, tanto mais deseja ter.

As estatísticas provam que a imensa maioria dos suicídios ocorre entre pessoas ricas. Dificilmente um pobre se suicida por *ter* fome, mas muitos ricos se suicidam por fastio, porque o excesso do *ter* e do *querer ter* gera um tormento insuportável.

Os grandes Mestres espirituais da vida não recomendam não ter nada, mas ter o necessário para uma vida decentemente humana; se não recomendam a posse, permitem o usufruto.

Jesus nunca foi milionário nem mendigo — e nunca lhe faltou nada. Até andava tão bem vestido que, na hora da sua morte, quatro soldados romanos repartiram entre si as vestimentas do crucificado, e ainda sobrou a túnica inconsútil sobre a qual lançaram sorte.

O que há de estranho e dificilmente compreensível no espírito do Nazareno é uma espécie de matemática cósmica referente aos bens materiais necessários à vida terrestre: não recomenda a sua aquisição mediante uma esfalfante lufa-lufa, como fazem os profanos, mas afirma que todas as coisas necessárias nos serão dadas de acréscimo, isto é, de graça, sem nenhuma caça frenética, suposto que o homem estabeleça dentro da sua consciência um centro de sucção, em virtude do qual essas coisas materiais sejam sugadas ou atraídas, segundo misteriosas leis cósmicas ou divinas. Uma vez que todas as coisas da natureza têm, por assim dizer, um pólo inconscientemente negativo, e uma vez que o ego humano representa um pólo conscientemente negativo, dá-se uma espécie de repulsão automática entre o negativo da natureza e o negativo do homem-ego; mas, se o homem passar do pólo negativo do seu ego para o pólo positivo do seu Eu, então se dá uma atração natural entre o positivo consciente do homem e o negativo inconsciente da natureza. Sabemos que tal lei existe na física da eletricidade — e por que não existiria na metafísica da Divindade?

Essa lei de sucção ou atração complementar é chamada por Jesus a conscientização do "Reino de Deus e sua harmonia", que faz acontecer espontaneamente as coisas materiais que nos são necessárias.

Nessa ignota matemática de Jesus as coisas necessárias não vêm do *esforço* humano, mas de uma *força* divina; basta que o homem conscientize, e assim mobilize, essa força cósmica do além, e então a natureza se encarrega de canalizar para dentro da vida humana todas as coisas necessárias. Essas coisas geralmente já existem no seio da natureza, ou na sociedade humana, mas somente são canalizadas para dentro da nossa vida, quando estabelecemos em nossa alma essa força de sucção, essa consciência do Reino de Deus e sua harmonia, harmonia essa que no texto grego se chama *dikaiosyne*, e em latim *justitia*. Nossa conscientização não é a causa, mas apenas a condição necessária para o advento dessas coisas; a causa é o próprio Deus e seu mundo cheio de harmonia e complementaridade. Mas a nossa consciência espiritual deve mobilizar essas forças cósmicas do além, para que elas sejam canalizadas até nós. Somente o homem intensamente cristificado compreende intuitivamente essa misteriosa matemática e logicidade do Reino de Deus.

37. Perguntaram os discípulos a Jesus: em que dia nos aparecerás? Em que dia te veremos?

Respondeu Jesus: se vos despojardes do vosso pudor; se, como crianças, tirardes os vossos vestidos e os colocardes sob os vossos pés, percebereis o filho do Vivo — e não conhecereis temor.

Comentário:

Assaz misteriosas são essas palavras.

Os discípulos, que viam diariamente o Jesus humano, evidentemente não perguntam por essa visão; querem saber quando eles verão o Cristo divino, e quando este se lhes manifestará.

Para verem o Cristo divino no Jesus humano, ou mesmo sem o Jesus humano, responde-lhes o Mestre, devem seus discípulos despojar-se do pudor, despir-se totalmente e pisar aos pés as suas roupas, como crianças, que nada sabem do pudor dos adultos.

Que quer Jesus dizer com essas palavras esotéricas? Que significa desnudar-se, pisar aos pés a sua roupagem? Quando é que o homem aparece em toda a sua desnudez infantil? E por que é que somente assim, em total desnudez, pode ele ver o Cristo?

Nossa alma é o espírito de Deus em forma individual. Nossa alma é luz, um raio solar emanado do sol.

Mas a nossa alma foi revestida de uma roupagem por nossos pais e pela natureza, a roupagem do nosso ego terrestre.

Por que essa materialização do nosso espírito? Sem essa materialização corpórea, o nosso espírito não encontraria resistência.

E sem resistência não há evolução. Resistência é dificuldade, é sofrimento. A nossa alma se achava em estado neutro, amorfo, antes da sua encarnação. Encarnou no corpo a fim de encontrar resistência, e assim poder atualizar a sua creatividade potencial. Essa resistência, tensão ou tentação indispensável para a evolução do espírito é a nossa viagem evolutiva rumo a Deus. A epístola aos hebreus declara que o próprio Jesus passou por essa mesma resistência, embora não tenha sucumbido a ela pelo pecado. E o próprio Jesus declara aos discípulos de Emaús que tudo isso era necessário para entrar em sua glória.

Enquanto o homem anda envolto na pesada e opaca roupagem do seu corpo e se identifica com esse invólucro, não pode ele ver o Cristo. Mas, quando se desnuda do seu ego e aparece em seu Eu divino, então sabe ele que "Eu e o Pai somos um", que ele é o Cristo interno, puro como a luz do mundo.

Esse desnudamento metafísico nada tem que ver com a morte física do corpo; depende do seu voluntário egocídio.

A criança não conhece pudor, por inocência; o homem espiritual não conhece pudor, por sapiência.

Entre a inocência da criança e a sapiência do homem espiritual há a inteligência do homem profano. Quando o homem saiu da inocência do Éden e entrou na inteligência da serpente, diz o Gênese, sentiu ele vergonha da sua nudez. Mas, quando o homem ultrapassar a zona do seu ego e entrar no Reino do Eu, nada saberá de vergonha, porque a sua nudez será sagrada e pura como a da luz e do Cristo. Pudor e vergonha têm que ver com sexos, que é do ego masculino e feminino. Mas o Eu divino está para além do sexo. Não mais haverá quantificação pela união dos sexos, haverá qualificação pela união da creatura com o Creador. As núpcias místicas entre a alma e o Cristo se realizarão entre o puro Eu e o puro Cristo.

Para que o homem possa despir-se da roupagem do ego e pô-la debaixo de seus pés, deve ele contemplar o seu Eu pelo auto-conhecimento e pela auto-realização.

38. Disse Jesus: muitas vezes desejastes ouvir estas palavras que vos digo, e não achastes ninguém que vô-las pudesse dizer. Virão dias em que me procurareis e não me achareis.

Comentário:

Milhares de homens de boa vontade, homens altruístas, homens virtuosos, andam em busca do Cristo — e não o acham.

Por que não?

Por mais estranho que pareça, ninguém pode achar o Cristo, ninguém pode achar Deus.

Deus, porém, pode achar o homem, suposto que o homem se torne achável.

É esta a mais paradoxal de todas as verdades: o homem deve fazer todo o possível para achar Deus; deve pensar, deve orar, deve trabalhar, deve sofrer — e, no fim de tudo isso, convencer-se dolorosamente de que não achou Deus.

Se Deus fosse um fato, poderia o homem achá-lo, mas Deus não é um fato nem o maior dos fatos — Deus é a Realidade.

E a Realidade não é algo que o homem possa achar — a Realidade só pode achar o homem, se ele consentir em ser achado.

Infelizmente, porém, raros são os homens que permitem ser achados pela Realidade. Poucos homens permitem ser achados por Deus.

Por quê?

Porque, para que o homem seja achado por Deus, deve ele perder-se a si mesmo. Só o homem que voluntariamente se perdeu a si mesmo pode ser achado por Deus.

Mas entre cem homens, mesmo homens virtuosos dificilmente há um disposto a se perder a si mesmo, a morrer para seu ego humano, a passar pelo misterioso egocídio — e por isso esses ego-plenos não podem ser teo-plenificados. "Deus resiste aos soberbos (aos ego-plenos), mas dá sua graça aos humildes (ego-vácuos)!

Infelizmente, muitos homens, embora virtuosos, são ego-plenos, como aquele fariseu no Templo que, apesar da sua virtuosidade ascética e filantrópica, voltou para casa não ajustado com Deus, ele, o ego-ajustado, ele o teo-desajustado. O único caminho que conduz a Deus é o total ego-esvaziamento.

Quem foi encontrado por Deus ou pelo Cristo em plena ego-vacuidade, nunca mais o perderá. Mas quem procura Deus ou o Cristo em ego-plenitude, mesmo na plenitude do ego-virtuoso, não o achará. Não adianta mentalizar-se como ego-superior; é necessário transmentalizar-se, superar o ego, tanto vicioso como virtuoso, e deixar-se invadir por Deus.

Quem não se integrar será desintegrado.

Quem não se esvaziar não será plenificado.

Quem não morrer não nascerá.

39. Disse Jesus: os fariseus e escribas tiraram a chave do conhecimento e a ocultaram. Nem eles entraram nem permitiram entrar os que queriam entrar. Vós, porém, sede inteligentes como as serpentes e simples como as pombas.

Comentário:

Esses dois textos são conhecidos por outros Evangelhos, mas sem a conexão que Tomé estabelece.

Os fariseus e os escribas ensinavam teologia, que é uma ciência analítica sobre Deus, mas não é a visão intuitiva de Deus, que é verdadeira Religião. E assim fechavam a entrada no Reino de Deus a seus adeptos, que se guiavam por esse horizontalismo intelectual, porquanto "do mundo dos fatos não conduz nenhum caminho para o mundo dos valores, porque estes vêm de outra região" (Einstein). Quem se contenta com fatos e os identifica com valores, com a própria Realidade, obstrui o caminho que leva a Deus; adora ídolos fictícios, mas não o Deus verdadeiro.

Valor, Realidade, Deus, não são fatos que possam ser descobertos pela inteligência analítica; Deus é a Realidade que se revela ao homem que esteja em condições de receber essa revelação.

A inteligência é simbolizada pela serpente; a intuição é representada pela pomba.

Quando a inteligência substitui a intuição, impede o homem de conhecer Deus.

Mas, se a inteligência serve de precursora da intuição e é integrada nesta, então é útil para a experiência de Deus. É neste último sentido que Jesus recomenda a seus discípulos que sejam inteligentes como as serpentes e simples como as pombas.

A própria ciência, no seu estágio mais avançado, compreendeu a necessidade da união entre análise e intuição. Einstein disse: "Eu penso 99 vezes, e nada descubro; eu deixo de pensar e mergulho num grande silêncio — e eis que a verdade me é revelada".

Thomas Edison escreveu: "Eu necessito de 90% de transpiração (esforço pessoal) para ter 10% de inspiração".

Tanto Einstein como Edison reconhecem a necessidade do trabalho da inteligência como fase preliminar necessária a ser superada; ambos concedem que suficiente é somente a revelação ou inspiração intuitiva.

A mentalização se torna obstáculo somente quando pretende substituir a transmentalização; quando ela se põe na vanguarda da nossa vida, em vez de ficar na retaguarda.

Neste sentido diz a *Bhagavad Gita*: "O ego é um péssimo senhor da vida, mas é um ótimo servidor".

A inteligência é como João Batista, precursor da intuição, do Cristo; e deve dizer: "Convém que ele cresça e que eu desapareça".

40. Disse Jesus: uma videira foi plantada fora daquilo que é do Pai; e, como não tem vitalidade, será extirpada pela raiz e perecerá.

Comentário:

A comparação completa sobre a videira que o Pai plantou e os ramos da videira se encontra nos Evangelhos de João XV e de Mateus XV, onde Jesus faz ver que o ramo só pode frutificar enquanto a seiva vital do tronco da videira o alimentar. Uma vez que o Cristo se compara com o tronco da videira e os homens com os ramos, segue-se que a mesma vitalidade que flui pelo Cristo flui também pelos outros homens. Mas, se o homem não tem consciência desse Cristo interno e não vive de acordo com essa consciência crística, será cortado e lançado fora. Se, porém, um homem tem consciência do seu Cristo interno e a manifesta pela vivência, então será podado ou purificado para que produza fruto mais abundante ainda.

Destas últimas palavras, segue-se que a Cristo-consciência e Cristo-vivência não isentam o homem de sofrimento, mas o levam a um sofrimento crédito evolutivo.

Tomé frisa apenas um aspecto dessa parábola mística: que o homem que julga poder produzir fruto por si, pelo seu ego humano, é como um ramo da videira que pretende frutificar sem receber a seiva do tronco da videira; esse homem acabará estéril e será lançado fora.

Sempre de novo, os Mestres espirituais da humanidade fazem ver que, na zona do livre-arbítrio, não há alo-determinismo automático, como na natureza extra-hominal, mas sim autodeterminação voluntária; que o destino metafísico do homem não depende de Deus, mas do próprio homem, seja para sua integração no Infinito (vida eterna), seja na sua própria desintegração (morte eterna). Podemos dizer que, na zona do seu livre-arbítrio, o homem é seu próprio Deus. O homem ou se realiza — ou se desrealiza; ou se integra — ou se desintegra, como mais uma vez se depreende do texto acima.

41. Jesus disse: aquele que tem algo na mão, esse receberá; e aquele que não tem, esse até perderá o pouco que tem.

Comentário:

Este texto de Tomé é uma paráfrase modificada das conhecidas palavras de Jesus na parábola dos talentos referida por outros evangelistas. Nessa parábola somente o primeiro e o segundo servo, que haviam recebido cinco e dois talentos, respectivamente, atualizaram a sua potencialidade creadora, duplicando cinco em dez e dois em quatro talentos; ao passo que o terceiro servo, que recebera apenas um talento — que tinha pouco — enterrou esse pouco e se entregou à inércia, e por não ter atualizado a sua pequena potencialidade, perdeu até esta, ficando sem nada.

Mas se esse terceiro servo, em vez de cair na inatividade, tivesse ativado o pouco que tinha numa mão, a pequena potencialidade que tinha, teria enchido também a outra mão, atualizando em dois o único talento que tinha.

Essas palavras são, pois, uma advertência e um convite alviçareiro para os pouco dotados no sentido de não considerarem zero o pouco que têm e não fazerem nada, mas para trabalharem honestamente com a exigüidade dos seus dotes e se realizarem desse modo.

As leis cósmicas nunca repetem as suas doações mecanicamente; nunca distribuem por igual os seus dons, nunca repetem rotineiramente a distribuição dos seus bens. Sendo que o Uno do *doador* é de infinita intensidade qualitativa, assim o Verso do *doado* é também de Infinita extensidade quantitativa. Entre os homens pode o autor talentoso repetir as suas obras, porque talento é sinônimo de limitado — mas o autor divino nunca repete nenhuma das suas obras, porque gênio é homônimo de ilimitado, infinito. O Creador não crea duas creaturas iguais; crea sempre creaturas desiguais, porque o Creador é o gênio de Infinita potência, ao passo que qualquer creatura é apenas um talento de potencialidade finita.

Há quem veja injustiça nessa distribuição desigual que Deus faz às creaturas; certas sociedades espiritualistas fazem depender essa desigualdade das creaturas, de merecimentos ou desmerecimentos, de uma existência anterior; apelam para créditos ou débitos da creatura, porque não admitem desigualdade de distribuição por parte do Creador. Essa suposta justiça, porém, não existe. Deus não tem acima de si um supremo tribunal ao qual deva prestar contas de seus atos; se Deus dependesse de uma instância superior, deixaria de ser Deus. Nem tão pouco deve às creaturas essa suposta igualdade de distribuição, porque nenhuma creatura tem direitos perante o creador, o qual, neste caso fictício, teria obrigações para com a creatura.

Deus não faz algo por ser justo, mas tudo que Deus faz é justo, porque Deus o faz. Deus não é justo, mas é a própria justiça, e tudo que a Infinita justiça faz é *ipso facto* justo. Tudo o que o Uno dá ao Verso é graça, e não merecimento.

42. Disse Jesus a seus discípulos: sede transeuntes!

Comentário:

Esta mensagem de Jesus consta somente do Evangelho do apóstolo Tomé.

Paulo de Tarso escreve aos cristãos do primeiro século: "Não temos aqui morada permanente; somos peregrinos na terra — a nossa pátria é o Céu".

Viver na consciência da transitoriedade da vida terrestre preserva o homem de querer estabelecer-se aqui em caráter definitivo, de querer erguer suntuosos palácios e mansões maciças à beira da estrada da vida, em vez de se contentar com modestas choupanas ou barracas de nômades. Como os hebreus durante os quarenta anos da sua peregrinação pelo deserto, entre o Egito e Canaã, não nos convém firmar residência sólida e definitiva em parte alguma — somos apenas transeuntes.

O nosso próprio corpo não é habitáculo fixo. Daqui a pouco o material dele voltará para quem o emprestou por alguns anos ou decênios, voltará para a natureza, de onde veio. O nosso corpo não é nosso, é da natureza; nele não existe nada que não exista na terra, nas águas ou no ar. Quando o corpo é sepultado, volta à terra lentamente; quando o corpo é cremado, volta ao ar rapidamente, sobrando apenas um punhado de cálcio, que o fogo não pôde consumir.

O nosso espírito, porém, não é sepultado nem cremado; o espírito não *é meu*, o espírito sou *eu*. O Eu não volta à natureza material, porque dela não veio. O Eu volta para a Divindade, de onde veio.

Mas a creatura creativa, que é o homem, não deve devolver ao Creador a alma assim como a recebeu. Minerais, vegetais e animais, sim, devolvem a Deus o que de Deus receberam, tal qual, porque não podem fazer outra coisa, não têm poder creador.

Mas o homem não deve devolver a Deus o que de Deus recebeu; isso seria ser "servo mau e preguiçoso". Para que o homem seja "servo bom e fiel", tem de devolver a Deus o que de Deus recebeu mais outro tanto que ele mesmo creou. Quem recebeu cinco talentos deve restituir dez; quem recebeu dois talentos deve restituir quatro.

O homem não é apenas uma creatura creada, ele é uma creatura creadora. Quem pode deve, e quem pode e deve e não faz crea débito — e todo débito gera sofrimento. O homem que não se crear mais do que Deus o creou, torna-se devedor, culpado, e toda a culpa, cedo ou tarde, provoca sofrimento, que é a reação das leis cósmicas contra o devedor.

A única razão de ser da nossa encarnação terrestre está em crearmos durante o nosso estágio terrestre, algo que Deus não nos deu, sermos creadores. Ser creatura creadora é ser semelhante ao Deus Creador. Somos peregrinos, imigrantes em trânsito, com visto temporário. Durante a nossa permanência em terra estranha, devemos despertar e ativar a nossa consciência cósmica e regressar "à alma do Universo" mais ricos do que dela emigramos.

Sejamos transeuntes!

43 — Disseram-lhe os discípulos: Quem és tu que nos dizes tais coisas?

Respondeu-lhes ele: Pelas coisas que vos digo não conheceis quem eu sou? Vós sois como os judeus, que amam a árvore e detestam o seu fruto; ou amam o fruto e detestam a árvore.

Comentário:

É pelos frutos que se conhece a árvore, e é pela árvore que se conhece os frutos. Não é possível conhecer os atos exteriores a não ser pela atitude interna, nem é possível conhecer a atitude a não ser pelos atos.

Não se pode conhecer o ego visível senão pelo Eu invisível, e não se pode conhecer o Eu senão pelo ego.

O homem não é um Ser sem um Agir, nem é um Agir sem o Ser.

Para conhecer alguém deve-se tomá-lo em sua totalidade onilateral, e não encará-lo em parte unilateralmente. Somente uma visão integral é que garante uma compreensão real e verdadeira.

Mas, infelizmente, o homem egóico é unilateralmente analítico, e não é onilateralmente intuitivo, como o homem cósmico, e por isso não pode compreender Jesus como o Cristo, senão apenas como o Jesus humano. Os judeus rejeitaram Jesus, porque não viram nele o Cristo divino, mas tão-somente o Jesus humano.

Misticismo ilusório é aquilo que o homem pensa de Deus — mística verdadeira é aquilo que Deus revela ao homem. Mas esta verdade não é pensável nem dizível. O homem ego-pensante nada sabe da verdade; somente sabem da verdade o homem cosmo-pensado e o homem cosmo-pensante.

A verdade não é do ego-fasciente, que age do aquém para o além; a verdade é do cosmo-feito, que recebe do além para o aquém.

44. Disse Jesus: quem blasfemar contra o Pai receberá a graça; quem blasfemar contra o Filho receberá a graça; mas quem blasfemar contra o Espírito Santo, esse não receberá a graça, nem na terra nem no céu.

Comentário:

Os outros Evangelhos referem as mesmas palavras de Jesus, com ligeiras variantes; mas o sentido é invariavelmente o mesmo.

Esse sentido, porém, é incompreensível à luz das nossas teologias analíticas, que entendem por Pai, Filho e Espírito Santo três pessoas ou personalidades divinas.

Na linguagem dos livros sacros, não se trata de três personalidades, mas de três aspectos ou funções da única e suprema Divindade.

Quando o homem conhece apenas o primeiro ou segundo aspecto da Divindade, peca por ignorância, e dele se pode dizer: liberta-o, porque ele não sabe o que faz. As conhecidas palavras "Pai, perdoa-lhes, porque eles não sabem o que fazem" não correspondem nem ao texto grego do primeiro século nem à tradução latina da Vulgata; ambos dizem: "libertar" *(aphíemi*, em grego; *demittere*, em latim). Perdoar pecados, no sentido tradicional da palavra não é o mesmo que libertar de pecados.

Mas, quando o homem peca por maldade pleni-consciente, se exclui-se ele mesmo da possibilidade de libertação, fechando todas as portas à sua conversão: quem se torna auto-inconvertível não se converte.

Há quem julgue impossível uma creatura pecar por maldade; há quem diga que todo o pecado é cometido por ignorância. Na presente humanidade primitiva talvez seja exata esta tese; mas numa humanidade altamente evolvida, numa humanidade conscientemente satanizada, é possível essa "blasfêmia contra o Espírito Santo", esse pecado contra a própria consciência.

O livre-arbítrio abre duas portas para o Infinito: para o Infinito positivo (vida eterna) e para o Infinito negativo (morte eterna). O livre-arbítrio é uma onipotência creadora, rumo ao Todo — ou então uma onipotência destruidora, rumo ao Nada.

Não há creatura imortal, mas há creatura imortalizável.

A creatura que, pela blasfêmia contra o Espírito Santo, nadifica a sua creaturidade acaba necessariamente no nadir do Nada.

Assim como a creatura que realiza a sua creaturidade vai rumo ao zênite do Todo.

A metafísica e a mística são idênticas à matemática. E, na matemática, diz Einstein, reside o princípio creador — e reside também seu contrário, o princípio nulificador.

45. Disse Jesus: não se colhem uvas de espinheiros, nem figos de abrolhos, que não produzem frutos. O homem bom tira coisas boas do seu tesouro; o homem mau tira coisas más do tesouro mau do seu coração, fala coisas más da abundância do seu coração.

Comentário:

Essas palavras são uma continuação do precedente. É uma paráfrase do antigo adágio filosófico *agere sequitur esse*, o agir segue ao Ser. O agir externo do homem manifesta o que ele é internamente. Atos e fatos externos não têm valor em si mesmos, mas são valorizados ou desvalorizados pela atitude interna do Ser.

O melhor exemplo disso é a matemática: nenhum "0" tem valor em si, mas pode ser valorizado pelo "1" colocado diante dele: 10. Aqui, a nulidade do "0" é desnulificada pelo valor positivo "1", que simboliza o Real; o irreal é realizado pelo Real. O Real é a qualidade, que pode quantificar a irrealidade. O Todo pode fazer Algo do Nada.

O nosso Eu interno é o Espírito de Deus em forma individual; o nosso ego é um zero em si, porque é pura ilusão; mas quando o nosso ego se põe do lado direito do Eu, isto é, quando o nosso ego tem a consciência da Realidade do Eu, então é ele um canal que pode ser plenificado pelas águas vivas da Fonte do Eu.

Jesus exprime essa verdade do modo seguinte: "De mim mesmo (do meu ego) eu nada posso fazer; quem faz as obras é o Pai (Eu) que em mim está".

Não se trata, todavia, de fazer apenas uma "boa intenção" prévia para que as coisas do ego sejam valorizadas pelo Eu, porque essa tal "boa intenção" seria outro zero do nosso ego, e zero não valoriza zero. A consciência do nosso Ser é uma permanente atitude da nossa substância total. Valorizar os atos do ego é agir de dentro da substância profunda e total de nosso Ser, manifestar o próprio *Ser divino* em forma de um *Agir humano*. Esse Ser divino é a consciência da Verdade "Eu e o Pai somos um".

Não há dualidade no Ser; o Ser é de absoluta unidade. A essência do homem e de todas as creaturas é idêntica à essência do Creador; a diferença está apenas na existencialidade.

Assim como a luz vermelha, verde ou azul é essencialmente a luz incolor, do outro lado do prisma, mas em visão parcial, assim toda a creatura é essencialmente o Creador em visão existencial parcial e imperfeita.

A identidade única é da Essência.

As alteridades múltiplas são da Existência.

Este é o monismo essencial de todas as coisas, manifestado no pluralismo existencial. Quando o homem só enxerga o Universo pelos sentidos e pela mente, vê ele apenas as existencialidades, ou Verso pluralista, as facticidades, como faz o profano. Quando ele vê somente o Uno da Essência, então o homem procura ignorar o Verso das Existências, como faz o místico isolacionista. Mas, quando o homem vê o Universo em sua totalidade, o Uno no Verso e o Verso no Uno, então tem ele a visão da Realidade Integral, como o homem de consciência cósmica.

O homem cósmico ou univérsico contempla de relance, por uma intuição universitária, a essência e as existências do Universo; professa um *Monismo Cósmico* unitário-diversitário.

Esta visão cósmica não pode ser adquirida pelo homem-ego, mas pode ser recebida pelo homem-Eu, quando este se abre totalmente ao impacto e à invasão da Alma do Universo, que é a Divindade, a Divindade como Uno e Verso, como Causa e Efeito, como Invisível e Visível, como Infinito e Finito.

Em última análise, como se vê, tudo depende da maior ou menor abertura do homem em face do Universo Total.

46. Disse Jesus: desde Adão até João Batista, não há ninguém maior entre os nascidos de mulher do que João Batista, porque seus olhos não foram violados. Mas eu disse: aquele que entre vós se tornar pequeno conhecerá o Reino e será maior do que João.

Comentário:

Mateus e Lucas referem textos semelhantes. Dentre os filhos de mulher é João o mais iluminado, mas não era ainda lucificado como o Cristo. Se João fosse lucificado como o Cristo, os seus olhos não suportariam esse fulgor integral daquele que é a "Luz do mundo".

João é chamado filho de mulher porque nasceu pela união material do sexo, ao passo que Jesus foi concebido sem contato material de homem e mulher, mas sim por um "sopro sagrado" *(pneuma hágion)*, pela "potência do supremo" *(dynamis hypsistou)*, como escreve Lucas.

Uma concepção real, mas imaterial, produz o corpo perfeito sem enfermidades e sem morte compulsória, como foi a de Jesus.

Quando o homem-ego, que se propaga através da matéria, atinge alturas do homem-Eu, que se imortaliza pela luz, então será proclamado o Reino dos Céus sobre a face da terra, e haverá um novo Céu e uma nova terra.

Para que o homem seja grande deve ele tornar-se pequeno, porque a grandeza do Eu supõe a voluntária pequenez do ego.

47. Disse Jesus: o homem não pode montar em dois cavalos, nem pode tender dois arcos. O servo não pode servir a dois senhores; ou amará a um e odiará o outro. Nenhum homem que bebeu vinho velho deseja beber vinho novo. Não se deita vinho novo em odres velhos, com medo de que se rompam; vinho novo se deita em odres novos, para que não se perca. Não se cose um remendo velho em roupa nova, para não causar rasgão.

Comentário:

Nestas palavras de Jesus, referidas também por outros evangelistas, frisa o Mestre a unidade essencial do homem a despeito das suas diversidades existenciais.

Montar em dois cavalos, tender dois arcos ao mesmo tempo, servir a dois senhores — são coisas tão impossíveis como o homem manter a sua unidade interna e não agir de acordo com essa unidade do seu ser.

Essas palavras frisam pois, mais uma vez, a absoluta necessidade do monismo essencial do homem, não obstante todos os seus pluralismos existenciais; focalizam o homem universico, que, apesar de ter de agir diariamente na pluralidade diversitária de fora, deve conservar a sua unidade de dentro.

Mas como pode o homem-ego dispersivo manter a unidade do homem-Eu concentrativo?

Bebendo e inebriando-se a tal ponto do "vinho velho" da verdade divina que nenhum "vinho novo" de facticidades humanas o possa desviar do caminho reto da sua experiência profunda, a despeito de todos os ziguezagues das novidades de cada dia. O "vinho velho" do Eu divino deve eclipsar todos os "vinhos novos" do ego humano.

Mas, para que isso seja possível, deve o homem inebriar-se totalmente do espírito do vinho da Eterna Divindade, como os discípulos de Jesus no primeiro Pentecostes, chamados bêbados pelo povo ignorante. Deveras, o homem que se inebria de Deus parece ser um bêbado aos olhos do mundo, um louco aos olhos dos "sensatos" da mediocridade dominante.

Entretanto, como diz Paulo de Tarso, "a loucura de Deus é mais sábia que a sabedoria dos homens, e a fraqueza de Deus é mais forte que a força dos homens".

Quem saboreou o vinho velho de Deus não tem desejos dos vinhos novos dos homens.

Tão grande deve ser o centripetismo convergente da unidade do nosso Ser que todos os centrifuguismos divergentes da nossa diversidade de agir não eclipsem aquilo.

Lao-tsé insiste no agir pelo não agir, no agir pelo Ser.

Mahatma Gandhi foi acusado de ser incoerente na sua política com os ingleses na Índia, e respondeu: "Sou incoerente — por amor à minha coerência".

O homem totalmente unificado na consciência do seu Ser pode ser diversificado na vivência do seu agir, e, contudo, todos sentem a harmonia cósmica desse homem.

O profano é como argila, que não tem forma certa.

O místico é como cristal, com faces e arestas rigorosamente definidas, duras e inflexíveis.

O homem cósmico é como mola de aço, dura e flexível ao mesmo tempo — inflexível unidade com flexível diversidade.

E não era o próprio Cristo esse homem universificado?

48. Disse Jesus: se dois viverem em paz e harmonia na mesma casa, dirão a um monte "sai daqui!" — e ele sairá.

Comentário:

Nestas palavras focaliza Jesus a onipotência do espírito sobre todas as potências da matéria e da mente. Por via de regra, onde há dois egos no mesmo lugar há discórdia, e onde há três há guerra; porque o ego é centrífugo e dispersivo por sua própria natureza. Assim como na eletricidade não se podem unir dois pólos negativos, do mesmo modo, dois egos são incompatíveis, enquanto não ultrapassarem a sua egoidade dispersiva e encontrarem o seu Eu unitivo.

Quando o Eu do homem atinge o máximo da sua consciência divina, então adquire poder sobre todo o mundo inferior e pode dar ordens ao mundo material, e será obedecido. Os chamados "milagres" não são outra coisa senão a onipotência do espírito sobre as potências da matéria e da mente. Quando o homem realiza um alto potencial de energia mental, pode ele mobilizar a matéria e suas forças, pode realizar "milagres" mentais, ou magias mentais. É difícil ao homem comum discernir a magia mental da mística espiritual, porque ambas transcendem o nível da matéria.

Por isso, Jesus nunca permitia que promulgassem os seus feitos maravilhosos, para que o povo não os interpretasse como magia mental. Jesus também avisou insistentemente que, no fim dos tempos, apareceriam falsos profetas e falsos cristos que fariam prodígios estupendos, dizendo "eu sou o Cristo". O verdadeiro Cristo é a culminância do poder espiritual, divino, em toda a sua pureza e autenticidade. A magia mental é o ponto culminante do ego; é uma deslumbrante mentalização do dominador deste mundo, mas não é uma transmentalização crística. Na cena da tentação, o anticristo mental afirma que todos os reinos do mundo e sua glória são dele, e falou verdade, porque tudo que há de grandioso no mundo material humano é creação mental. Mas o Cristo afirma que seu Reino não é deste mundo material e mental. A magia anticrística e a mística crística situam-se em duas dimensões totalmente diversas, e, não raro, diametralmente opostas. Por isso, o ocultismo da magia mental é, quase sempre, o maior obstáculo à realização espiritual. A magia mental se enamora do penúltimo, e não chega ao último da mística espiritual. "Naquele dia, muitos me dirão: Senhor, Senhor, não curamos doentes em teu nome? Não ressuscitamos mortos em teu nome? Não fizemos tantos prodígios em teu nome? Eu, porém, lhes direi: não vos conheci jamais; afastai-vos de mim, vós que trabalhais fora da lei". Esses trabalhadores fora da lei são os que não realizam os seus trabalhos dentro da lei cósmica, mas trabalham em virtude da mente humana. São os "operários da *anomia*", da ilegalidade; são os subversivos, os que realizam grandes coisas contra o regime espiritual do espírito de Deus.

49. Disse Jesus: felizes sois vós, os solitários e os eleitos, porque achareis o Reino. Sendo que vós saístes dele, a ele voltareis.

Comentário:

O mundo proclama felizes os homens sociais e ruidosos. O homem-ego detesta o silêncio e a solidão, porque é para ele ausência e vacuidade — ao passo que a sociedade ruidosa é, para o profano, presença e plenitude.

Muitos são os chamados, poucos os escolhidos, e muitos são os vocados, poucos os evocados.

As eternas leis cósmicas são essencialmente hierarquizantes, verticalizantes, servindo-se de grandes multidões para realizar uma pequenina elite. Não interessa às leis cósmicas a massa quantitativa, mas sim a elite qualitativa. A elite conduz, a massa é conduzida. A elite é alma, a massa é corpo.

Todos vieram do Reino: todos fizeram o seu *egresso,* poucos realizarão o seu *regresso,* porque poucos conscientizam *o ingresso*. Quem não conscientiza o seu ingresso não realiza o seu regresso ao Reino. O egresso do Reino é obra de Deus, o ingresso em si e o regresso ao Reino são obra do homem. Deus creou o homem o menos possível, para que o homem se possa crear o mais possível. A autocreação do homem pelo ingresso místico é a suprema razão de ser do homem aqui na terra. Esse ingresso em si só é possível graças à resistência que o espírito encontra em face da matéria e sua vitória sobre a matéria.

Onde não há resistência não há sofrimento.

Onde não há sofrimento não há evolução.

Onde não há evolução não há auto-realização.

Onde não há auto-realização não há regresso ao Reino.

50. Disse Jesus: se os homens vos perguntarem de onde viestes, respondei-lhes: nós viemos da luz, lá onde ela nasce de si mesma, surge e se manifesta em sua imagem. E se vos perguntarem: quem sois vós? Respondei-lhes: nós somos os filhos eleitos do Pai vivo. Se os homens vos perguntarem: qual é o sinal do Pai em vós? Respondei: é movimento e repouso ao mesmo tempo.

Comentário:

A luz é a origem de todas as coisas. Isso disse Moisés, numa grandiosa intuição cósmica: no primeiro *yom* Deus creou a luz. Isso escreveu Einstein, no auge das suas análises matemáticas e da sua intuição espiritual.

Tudo é lucigênito — tudo pode ser lucificado.

O que vale na física vale também na metafísica. Em sentido simbólico, a Divindade é luz. E a mais alta emanação da luz divina é o Cristo. Nós também somos emanações da luz divina, embora a nossa luz esteja ainda debaixo do velador do corpo material. Somos lucigênitos — e podemos lucificar-nos. Pela creação divina somos lucigênitos. Pela creatividade humana podemos lucificar-nos.

O egresso é luz.

O regresso será luz, se o ingresso for luz.

A lucigenitura é de Deus.

A lucificação é do homem.

Entre o egresso e o regresso decorre o ciclo evolutivo do ingresso. É essa a razão de ser da encarnação terrestre do homem.

Somos repouso e movimento — simultaneamente. Que palavras paradoxais!

Que verdade sublime!

O homem integral, entre o egresso e o regresso, é repouso e movimento, porque é o Ser e o Agir, o Eu e o ego.

Dai-me um ponto fixo, disse Arquimedes, e eu terei poder sobre todo o Universo.

Dai-me a consciência do Uno imóvel do meu Ser, e eu terei poder sobre todo o verso movediço do meu agir.

Quando uma roda recebe movimento pelo eixo, as periferias estão em movimento, e em movimento tanto mais rápido quanto maior for a distância entre a periferia e o eixo. Mas no centro do eixo não há movimento algum; há repouso absoluto — e esse repouso é força integral. O 100 da força é o 0 do movimento. A força central se revela em movimento periférico. A força imóvel é *energeia*, isto é, *ergon* (atuação) *en* (de dentro), atuação interna, energia.

Quando o homem chega ao zênite da sua atuação de dentro, da sua energia, parece ele inativo, sem atuação, quando, na realidade, esse não-agir, como diria Lao-tsé, é a fonte de todo o seu agir — e então o seu agir é correto, porque nasceu do não-agir.

O profano pretende agir pelo agir — e o seu agir é ilusório.

O iniciado, e sobretudo o realizado, age pelo não-agir — e o seu agir é verdadeiro.

Eu sou repouso no meu ser — e por isso posso ser movimento no meu agir.

Se o ego-agir não nasce do Eu-repouso, é um pseudo-agir.

Agir pelo não-agir — é esta a quintessência de toda a sabedoria.

A luz age sem movimento nem ruído. O sol nasce silencioso, e silencioso percorre a imensidade do espaço; silencioso desperta epopéias de vida, beleza e felicidade. O segredo da luz é sua onipotência na aparente impotência, a onipotência do seu repouso e do seu silêncio.

Quanto mais o homem se lucifica, mais ele age pelo silêncio e pelo repouso.

Quando compreenderão os profanos que ruído é fraqueza e silêncio é força? Quando compreenderão eles que silêncio é presença, onipresença, e silêncio é plenitude, cosmoplenitude?

51. Seus discípulos perguntaram: quando virá o repouso dos mortos e em que dia virá o mundo novo?

Respondeu-lhes ele: aquilo que vós aguardais já veio — mas vós não o conheceis.

Comentário:

Passado é ilusão dos nossos sentidos; somente presente é a verdade. O eterno agora é o onipresente aqui. Tudo que está sujeito *à sucessividade* de tempo e espaço é ilusão; a verdade é a simultaneidade. Nada *foi* e nada *será,* tudo é.

Difícil é isso compreender para o homem que nunca se libertou da tradicional escravidão dos sentidos e da mente, e não entrou na gloriosa liberdade dos filhos de Deus, que é do espírito.

Do mesmo modo, perguntaram a Jesus: quando virá o Reino de Deus? E ele respondeu: o Reino está dentro de vós; não virá no futuro, mas está aqui e agora no presente. O aqui e agora são a Realidade; o ali e acolá, o antes e depois são ilusões dos nossos sentidos. O homem comum só percebe objetos sensoriais. Quando o homem é iniciado na realidade do espírito, tudo lhe é presente no Eterno e no Infinito, nada lhe é ausente no tempo e no espaço.

O Eterno não é a soma total dos tempos. O Infinito não é a soma total do espaço. O Eterno é a negação de qualquer parcela de tempo. O Infinito é a negação de qualquer partícula de espaço.

Quando o homem se esvazia de todas as percepções sensoriais e de todas as análises mentais, então lhe acontece a grande invasão do Eterno e do Infinito; então tudo que lhe estava ausente se torna presente, e tudo que lhe era distante se torna próximo. Para o homem assim ego esvaziado e cosmoplenificado, nada é sucessivo, tudo é simultâneo; ele está em Deus, e Deus está nele; ele está no Universo, e o Universo está nele.

Santo Agostinho, nos seus "solilóquios", pergunta a Deus: onde estavas tu, quando eu vivia nos meus pecados? E Deus lhe responde: Eu estava no teu coração. Agostinho replica: como podias tu, a Infinita santidade, estar em mim, o maior pecador? E Deus responde: Eu estava sempre presente a ti, mas tu andavas sempre ausente de mim. Agostinho protesta: como podias tu estar presente a mim, se eu estava ausente de ti? E Deus responde: a tua ausência era uma ilusão, a minha presença é a Verdade; tu fazias de conta que estavas ausente de mim, para poderes viver tranqüilamente nos teus pecados; mas Eu, a Verdade, não posso estar ausente de ninguém, porque eu sou a Onipresença.

Os discípulos querem saber quando começa o mundo novo e quando será o repouso dos mortos; e Jesus lhes faz ver que isso não depende de um *quando* ou de um *onde* objetivo, mas sim de um *como* subjetivo.

Semelhantemente, a mulher samaritana do Evangelho quer saber de Jesus *onde* se deve adorar a Deus, se no monte Garizin, se no Templo de Jerusalém. E o Mestre responde com um *como:* Deus deve ser adorado, não aqui e acolá, mas "em espírito e em verdade". *O onde* se referia a um lugar objetivo, *o como* designa uma disposição subjetiva do homem. Quando o homem adora a Deus em espírito e em Verdade, então desaparece a diferença entre esse *onde* e esse *quando*.

Não depende do *quando* do tempo nem do *onde* do espaço se o mundo novo se vai manifestar e se os mortos têm repouso; depende unicamente de uma nova consciência do homem... A superação da pequena ego-consciência ilusória e o despertar da grande consciência verdadeira.

52. Disseram-lhe os discípulos: vinte e quatro profetas falaram em Israel, e todos falaram de ti.

Respondeu-lhes ele: rejeitastes aquele que está vivo diante de vós e falais dos mortos.

Comentário:

É exatamente isso que está acontecendo há quase dois mil anos no cristianismo: os teólogos revolvem velhos manuscritos e apelam para homens mortos, a ver se descobrem o Deus vivo. Se encontram Deus nos escritos dos mortos, acham que o encontraram de verdade e fabricam teologias e dogmas sobre esse Deus do passado. Mas será que Deus só é o Deus do passado, o Deus dos mortos? Será que Deus não é também o Deus do presente e o Deus dos vivos? Será que Deus não está presente em cada um de nós? Se Deus é um Deus onipresente e onivivente, porque não seria possível encontrá-lo aqui e agora? Por que somente crença num Deus longínquo — e não experiência num Deus propínquo? Por que Deus se teria revelado a Abraão, Isaac e Jacob — e não a Mahatma Gandhi, Albert Schweitzer e outros homens de nosso século?

A teologia chegou ao cúmulo do absurdo de dizer que a revelação de Deus começou com Abraão, cerca de dois mil anos antes de Cristo, e terminou com João, cerca de cem anos depois de Cristo. Quer dizer, Deus teria aberto o expediente das suas revelações apenas durante dois mil e cem anos, e depois o teria fechado para todo o sempre — por quê? Será que esgotou o repertório das suas revelações e nada mais tem que acrescentar? Ou será que não existe mais um homem capaz de receber revelação divina?

Além disso, Deus se teria revelado somente a um pequeno povo de Israel, que não perfaz e nunca perfez 1% da humanidade. Esqueceu-se de sumérios, assírios, babilônios, persas, gregos, egípcios, hindus, germanos, romanos, etc. — isto é, esqueceu-se de mais de 90% da humanidade.

"Se o Deus da nossa teologia existe", escreve o historiador britânico Arnold Toynbee, "então é ele o maior dos monstros".

Deus se revela através de cada homem capaz de ouvir a voz dele. E tem havido através de todos os tempos e em todos os povos homens capazes de ouvirem a voz de Deus. Na vida de Mahatma Gandhi não há menos verdades inspiradas do que nos livros dos profetas de Israel.

Por que renegamos o Deus dos livros e andamos em busca do Deus dos mortos? Não está Deus além da vida e da morte?

Nos últimos tempos, uma parte da humanidade está descobrindo Deus aqui e agora, dentro da própria alma, através da verdadeira meditação.

53. Perguntaram-lhe os discípulos: a circuncisão é útil ou não? Respondeu-lhes ele: se ela fosse útil, o homem já nasceria circuncidado. A verdadeira circuncisão é espiritual, e esta é útil a todos.

Comentário:

Paulo de Tarso também compreendeu a circuncisão em sentido espiritual e não deu importância à circuncisão material, embora fosse israelita circuncidado.

A circuncisão prescrita por Moisés era uma medida higiênica, que, ainda hoje, é praticada por muitos povos não israelitas. Mais tarde, a circuncisão judaica passou a ser interpretada como cerimônia religiosa.

A circuncisão, como símbolo material, não tem valor espiritual; o simbolizado espiritual, porém, representa a saúde e higiene do espírito, como Paulo explicou maravilhosamente em suas Epístolas.

54. Disse Jesus: felizes os pobres, porque vosso é o Reino dos céus.

Comentário:

É este o início do chamado Sermão da Montanha. Em Mateus lemos "pobres pelo espírito", que ilustra o verdadeiro sentido dessas palavras. Jesus proclama felizes e herdeiros do Reino de Deus os que se desapegaram interiormente dos bens materiais. Muitos homens são materialmente pobres, porque nasceram na pobreza e não conseguiram enriquecer. Não são estes os felizes por serem materialmente pobres. Outros nasceram na riqueza material e continuam apegados aos bens materiais; nem estes são os felizes.

Felizes e herdeiros do Reino são somente os que, quer ricos, quer pobres materialmente, não estão apegados aos bens materiais, nem pela posse nem pelo desejo da posse. Felizes são os que, pelo poder do espírito, libertam-se da tirania da matéria, quer possuam, quer não possuam externamente bens materiais. A pobreza pelo espírito não vem das circunstâncias de fora, mas sim da substância de dentro. Nenhum fato representa valor. O fato de alguém ser rico ou pobre não representa valor espiritual. Fatos são circunstâncias externas; valor é substância interna. Valor é creação do livre-arbítrio, da consciência.

Fatos nos podem fazer gozar ou sofrer.

Valor nos faz feliz ou infeliz.

Felizes são os que, pelo poder do espírito, libertaram-se da tirania da matéria, quer possuindo, quer não possuindo bens materiais.

55. Disse Jesus: quem não odiar seu pai e sua mãe não pode ser meu discípulo. Quem não odiar seus irmãos e suas irmãs não é digno de mim.

Comentário:

Estas palavras drásticas também se encontram nos outros Evangelhos e, através de séculos, têm escandalizado muitos. Quem as lê e as interpreta à luz do ego humano, como ocorre geralmente, revolta-se e acha impossível que Jesus tenha dito isso, ele que tanto insiste em amar o próximo como a nós mesmos.

Mas quando alguém compreende essas palavras de uma perspectiva superior, compreende-as e concorda com elas. Compreende a sua alma e não se limita ao corpo delas. Compreende até a expressão mais drástica ainda: "Quem não odiar a sua própria vida não pode ser meu discípulo".

O Mestre manda que o homem renuncie a tudo que tem para poder ser seu discípulo. Todo o *ter* nos escraviza, somente o *ser* nos liberta.

Em todas essas expressões há um paralelismo entre as ilusões que o homem tem e a verdade que o homem é. Mesmo pai, mãe e irmãos são creações do ego humano, que nos podem escravizar, e nada têm que ver com a verdade do nosso Eu divino que nos liberta. Todo o parentesco carnal é ilusório, somente a afinidade espiritual é verdadeira. Quem não odiar o erro não pode amar a verdade.

Mas, como o homem profano nada sabe da verdade, não pode

compreender a linguagem dos iniciados. Podemos amar os egos por amor ao Eu, que é a fonte deles, mas não podemos amar o ego por amor ao ego, porque o ego é uma ilusão e ninguém deve amar a uma ilusão.

Nos outros Evangelhos se lê: "Quem amar seus pais e irmãos mais do que a mim não é digno de mim", estabelecendo o paralelo entre o mundo do ego humano e do Eu divino.

Para que o homem possa concordar com certas palavras veementes do Cristo, deve ele assumir a mesma perspectiva em que o Cristo estava — e tudo lhe será evidente.

56. Disse Jesus: quem conhece o mundo, achou um cadáver; e quem achou um cadáver, dele não é digno o mundo.

Comentário:

Deus é a alma do Universo, e o mundo é o corpo de Deus.

Deus é também a alma do homem, e o homem sem Deus é um corpo sem alma, um cadáver.

Tudo que é material é invólucro morto, mas o que é espiritual é conteúdo vivo.

Sabemos que a alma crea o corpo, mas o corpo não pode crear a alma.

Há quem só se interesse pelo corpo, como quem adora um cadáver.

Há quem só se interesse pela alma sem corpo, como se alma fosse fantasma.

Mas o homem não é corpo sem alma, nem alma sem corpo. O homem é alma-corpo, uma interpenetração orgânica de corpo e espírito. Não é nem cadáver nem fantasma. O homem é um espírito que se revestiu de um corpo. Por ora, o corpo é material, mas o espírito transforma o corpo material num corpo imaterial. O espírito individualizado, a alma, sempre terá corpo; somente o Espírito Universal, a Divindade, não tem corpo.

O homem integral a tal ponto intensifica o princípio espiritual da sua alma que esta, aos poucos, permeia e penetra totalmente o corpo e faz dele uma perfeita manifestação do espírito.

Paulo de Tarso afirma que nosso corpo é um templo do espírito, e, por isso, é necessário fazer do corpo um veículo digno do espírito.

O homem que considera o mundo como um cadáver já possui

uma visão superior da Realidade, porque já sabe que o Creador do mundo é espírito, e desse homem espiritual não é digno o mundo.

Hoje em dia, até os maiores corifeus da ciência afirmam que o Universo é governado pelo espírito, pela consciência cósmica, e que o homem pode ter consciência desse espírito.

57. Jesus disse: o Reino do Pai é semelhante a um homem que semeou boa semente em seu campo. De noite, porém, veio seu inimigo e semeou erva má no meio da semente boa. O senhor do campo não permitiu que se arrancasse a erva má, para evitar que, arrancando esta, também fosse arrancada a erva boa. No dia da colheita se manifestará a erva má. Então será ela arrancada e queimada.

Comentário:

É esta a conhecida parábola do joio no meio do trigo, no Evangelho de Mateus. Advertência é sempre esta: Deus não quer que os maus sejam separados dos bons durante o período evolutivo dos dois. Os maus têm o mesmo direito de serem maus como os bons têm o direito de serem bons. As leis cósmicas não exterminam os maus por amor aos bons, mas deixam crescer os dois um ao lado do outro, até a total maturação deles.

Por quê?

Porque a separação entre bons e maus não deve ser feita por interferência alheia; ela é feita por eles mesmos como conseqüência da sua evolução interna, positiva ou negativa. São os próprios bons e os próprios maus que fazem a separação definitiva; não há nenhum fator externo que intervenha; nenhum Deus externo manda os bons para o céu, nem manda os maus para o inferno; céu e inferno são o produto automático da própria evolução humana. Tanto o bem como o mal culminam no Infinito, seja no Infinito positivo do Todo, seja no Infinito negativo do Nada. Os bons se integram no Eterno Existir; os maus se desintegram no eterno Inexistir.

As leis cósmicas agem com absoluta matematicidade. É o próprio homem que, por seu livre-arbítrio, integra-se ou desintegra-se, realiza-se ou desrealiza-se. Nenhum suposto Deus externo é necessário para isso, como ensinam certas teologias. O Deus interno, ou o anti-Deus interno do homem, é o autor do céu ou do inferno, da vida ou da morte.

Esta parábola, como se vê, não identifica a sorte final dos bons e dos maus; essa sorte final é diametralmente oposta uma à outra. O que a parábola afirma claramente é que a decisão final depende do homem e não de Deus.

Aqui poderíamos repetir as palavras do poeta-filósofo inglês: "Eu sou o senhor do meu destino, eu sou o comandante da minha vida".

58. Feliz do homem que foi submetido à prova — porque ele achou a vida.

Comentário:

O sofrimento é o eterno e doloroso enigma da nossa vida e de todas as nossas filosofias. Muitos se tornam descrentes e ateus por causa do problema do sofrimento. Se houvesse um Deus de amor e poder, dizem eles, não poderia ele permitir o sofrimento, sobretudo o sofrimento do inocente.

Entretanto, exatamente o contrário devia ser a nossa conclusão. Os três casos de grandes sofrimentos que encontramos nos livros sacros são sofrimentos de inocentes — e nenhum dos sofredores se tornou ateu ou descrente: Jó, o Cego de nascença e Jesus. São três casos de sofrimento-crédito, sofrimento-evolutivo; nenhum caso de sofrimento-débito, sofrimento-punitivo. Com isto, todavia, não queremos negar que possa haver sofrimento-débito, sofrimento como punição de pecados.

A suposta incompatibilidade do sofrimento do inocente com a justiça divina é uma das maiores cegueiras da inteligência humana. Exatamente o contrário é verdade: se não houvesse sofrimento, dificilmente poderíamos aceitar a existência de um Deus sábio, justo e bom.

Ultimamente, os maiores cientistas da época, corifeus atômicos, astrônomos e biólogos, elaboraram a chamada *Gnose de Princeton*, em que esses sábios estabelecem a seguinte tese: a alma humana produz o seu corpo material para encontrar "resistência", indispensável para a evolução do espírito. Resistência é dificuldade, sofrimento.

Este é o Deus dos maiores cientistas da atualidade: o Deus que creou o sofrimento, a resistência. Se Deus fosse um Deus de estagnação ou de involução, não seria necessário haver sofrimento; mas, como Deus é um Deus de evolução, é necessário que haja resistência ou sofrimento.

Verdade é que o Creador creou também creaturas não creativas, creaturas simplesmente creadas, que não necessitam de sofrimento evolutivo. O homem, porém, é uma creatura creadora, e, por isso, uma creatura que necessita de sofrimento evolutivo.

Como dizíamos, os três casos de sofrimento nos livros sacros são casos de sofrimento evolutivo, que é um argumento pró-existência de Deus, e não um argumento contra Deus, como pensam certos desorientados.

Felizes são, pois, os sofredores, sobretudo os sofredores inocentes, porque eles acharam a vida, a vida ascensional em plena evolução. Felizes são eles, porque não estagnaram no *status quo,* nem involveram rumo ao nada. Felizes porque o seu sofrimento evolutivo lhes oferece a necessária resistência para intensificarem cada vez mais a sua vitalidade espiritual.

Se, além do sofrimento evolutivo, há sofrimento punitivo, nada tem que ver com Deus; foi o homem que desequilibrou as leis cósmicas, e é ele que tem de reequilibrar essas leis. Todo o débito gera sofrimento.

Também não é certo que todo o sofrimento-débito seja necessariamente pagamento de um débito individual. Há também um débito coletivo da humanidade, e os melhores pagadores de uma parcela desse débito alheio são os que não têm débito próprio, os santos, os justos, os homens espirituais, quites com a justiça cósmica. Nem todos os sofredores sofrem por débito próprio, mas também por débito alheio. E, enquanto sofrem por débitos alheios, acumulam também crédito próprio.

Esses felizardos!

59. Disse Jesus: olhai para o Vivo, enquanto viveis, para que não morrais e desejeis ver aquele que já não podeis ver.

Comentário:

O "Vivo", no Evangelho de Tomé, é sempre Jesus. Os livros sacros chamam "morto" o homem que vive nas trevas do seu ego; e chamam "vivo" o homem que já despertou para a luz do seu Eu.

Jesus é o Vivo por excelência, porque superou plenamente as trevas e penumbras do ego humano. A Epístola aos Hebreus descreve o roteiro evolutivo da personalidade de Jesus, sob os auspícios do seu Cristo divino. E o próprio Jesus diz aos discípulos de Emaús que ele sofreu voluntariamente tudo o que sofreu "para entrar em sua glória", na plenitude da vida do Cristo.

Olhar para o Vivo é conscientizar a presença do Cristo em nós e harmonizar a nossa vida diária com a vida do Cristo Vivo.

Durante o ciclo evolutivo da sua vivência terrestre e extraterrestre, deve o homem realizar a Cristo-consciência e a Cristo-vivência. Se o homem terminar esse ciclo evolutivo sem a devida realização crística, acontecer-lhe-á o que aconteceu às cinco virgens tolas que não tinham as suas lâmpadas acesas, quando veio o divino esposo, e foram excluídas do banquete do Reino de Deus. Pelo menos no presente *eon,* ou ciclo evolutivo, essas almas não Cristo-lucificadas não se encontraram com o Cristo.

60. Ao entrarem na Judéia, eles viram um samaritano que carregava uma ovelha. Jesus disse a seus discípulos: por que a carrega?

Responderam eles: para matá-la e comê-la.

Disse-lhes Jesus: enquanto a ovelha está viva, ele não a poderá comer; só depois de morta e cadáver.

Replicaram eles: de outro modo não a pode comer.

Respondeu-lhes Jesus: procurai para vós um lugar de repouso, para que não vos torneis cadáveres e sejais devorados.

Comentário:

Para compreender devidamente essas palavras, convém voltar a uma das sentenças anteriores, em que Jesus compara o mundo material-mental com um cadáver, e o mundo espiritual com um ser vivo. Aliás, através de toda a Sagrada Escritura, tanto do Antigo como do Novo Testamento, como já vimos, o homem-ego é chamado "morto". Esse homem é como um cadáver e pode ser devorado pelo mundo. Mas, quando o homem entra na cosmo-consciência, ele nasce e é vivo, e não pode ser comido pelo mundo.

A profunda sabedoria da filosofia oriental desenvolve esse conceito e diz que o homem deve "comer o mundo". Quem ingere e digere um alimento, vitaliza esse alimento e o integra na substância do seu próprio ser. Quem assimila é mais forte do que aquilo que é assimilado. O homem profano é assimilado pelo mundo, porque é mais fraco que este. O homem místico, do misticismo isolacionista, não assimila o mundo nem é assimilado pelo mundo, porque se separou dele. O homem cósmico, porém, que pratica mística dinâmica, integra o mundo em si, transformando-o pelo poder do seu espírito. Isso é "comer o mundo", em vez de "ser comido pelo mundo".

Para que o homem possa, desse modo, comer e assimilar o mundo pela consciência cósmica, tem de intensificar, em primeiro lugar, a consciência da sua essencial identidade com o espírito divino; se não conseguir essa suprema conscientização "Eu e o Pai somos um", está sempre em perigo de ser comido pelo mundo, em vez de comer o mundo.

As palavras de Jesus, no Evangelho de Tomé, dizem misteriosamente: "Procurai um lugar de repouso, para que não vos torneis cadáveres e sejais devorados". Quem não busca regularmente esse "lugar de repouso", na cosmomeditação diária, está sempre em vésperas de ser devorado pelo mundo — se é que ainda não foi devorado como carniça espiritualmente morta.

61. Disse Jesus: haverá dois na mesma cama: um viverá, outro morrerá.

Replicou Salomé: quem és tu, ó homem? Como que saído de um só? Tu que usavas a minha cama e comias à minha mesa?

Respondeu Jesus: eu vim daquele que é todo um em si; isso me foi dado por meu Pai.

Disse Salomé: eu sou discípula tua.

Vem a propósito o dito: quando o discípulo é vácuo, será repleto de luz; mas, quando é dividido, ele será repleto de treva.

Comentário:

Salomé, a mãe de João e Tiago, está no caminho de uma evolução espiritual; tempos atrás, ela fizera a Jesus o pedido de fazer dos seus dois filhos os primeiros ministros "no Reino de sua glória". Mas agora ela parece ter renunciado à sua ambição política e estar aberta para uma compreensão mais completa. Ela se mostra estupefata em face da unidade e unicidade da pessoa de Jesus, que ela conhecera como hospedeira, quando o profeta ambulante de Nazaré pernoitava em sua casa e comia à sua mesa. Mas agora ela está vislumbrando o Cristo divino através do Jesus humano — esse homem uno e único, esse homem monolítico.

Jesus faz ver à sua discípula a origem do seu Cristo, luz cósmica da luz divina. E Salomé, toda feliz, confessa-se entusiasticamente discípula do Cristo.

Jesus lhe faz ver que o homem deve ser "uno e vácuo" para poder ver a luz; vazio do seu ego humano e uno em seu Eu divino; pois, quando ainda se sente dividido em si mesmo, desunido como personalidade humana, esse ainda está nas trevas. O homem-ego anda sempre "frustrado", isto é, fragmentado, dividido; os seus muitos egos estão desunidos entre si, porque não estão unidos no seu Eu individual, indiviso, indivisível.

Dois homens parecem os mesmos por fora; moram sob o mesmo teto; mas um é um vivo, e o outro um morto, um está na ego-consciência profana, o outro está na cosmo-consciência crística.

Essas palavras de Jesus devem ter sido para Salomé como um lampejo em plena noite.

62. Eu revelo os meus mistérios àqueles que são idôneos para ouvi-los. O que tua mão direita faz não o saiba a tua mão esquerda.

Comentário:

Palavras como estas, em formas várias, vão através de todos os livros sacros da humanidade, do Oriente e do Ocidente. A *Bhagavad Gita* diz: "Quando o discípulo está pronto, então o Mestre aparece".

A prontidão do discípulo não é a causa da vinda do Mestre, mas é a condição pré-disponente para seu aparecimento.

A lei de causa e efeito governa todo o mundo da física; mas na metafísica não funciona essa lei. No mundo espiritual as coisas acontecem livremente, embora não arbitrariamente. Também o mundo metafísico é regido pela lei, mas uma lei superior que a inteligência analítica do homem profano não pode compreender. O mundo superior é governado pela graça e não pela causa. A causalidade escraviza, a graça liberta.

Através de séculos, tem-se discutido sobre o mistério da graça. O que acontece pela graça, ou de graça, não obedece à lei de causa e efeito. Nem um homem pode merecer (ou causar) a graça; se assim fosse, não seria graça.

Por outro lado, porém, os dons divinos não são dados arbitrariamente a qualquer homem, o que seria o domínio do caos. Gratuitamente, sim — arbitrariamente, não.

Quando o homem ultrapassa o limite estreito da análise intelectual e entra na vasta zona da intuição espiritual, então compreende ele o mistério da graça, eqüidistante de causalidade e arbitrariedade. Compreende esse mistério, mas não o pode analisar. A palavra grega *analyein,* de que fizemos "analisar", quer dizer literalmente "dissolver". Quem analisa, dissolve, destrói. Quem analisa uma rosa no laboratório, não tem mais uma rosa, porque a análise a dissolveu, destruiu. E, ainda que o cientista recomponha os seus componentes decompostos, o composto resultante não é a rosa; falta-lhe o principal, a alma ou vida, que o cientista analítico não pode analisar nem reconstruir.

Para inteligir a rosa basta analisá-la — mas para compreendê-la é necessário intuí-la sem a analisar. Análise se refere às partes, a intuição visa ao Todo.

Para compreender os mistérios de Deus e do Cristo, é necessário intuir, em silenciosa auscultação. Pode a análise intelectual preceder, pode mesmo chegar à sua penúltima etapa, mas nunca chegará à última meta da verdadeira compreensão intuitiva.

63. Disse Jesus: um homem rico tinha muitos bens. E disse: vou aproveitar os meus bens; vou semear, plantar, colher e encher os meus armazéns, a ponto de não ter falta de nada. Foi isso que ele pensou em seu coração. E nessa noite ele morreu. Quem tem ouvidos para ouvir, ouça!

Comentário:

Muitas vezes aparecem nos Evangelhos palavras como essas. Daí muitos concluem que os mestres espirituais recomendam a desistência de qualquer trabalho, a total passividade. Nos países orientais, muitas pessoas se guiaram por essa passividade — e acabaram na miséria. Mas nem por isso se espiritualizaram.

É necessário saber compreender devidamente palavras como essas. Nenhum grande mestre espiritual recomenda a passividade como supremo ideal de santidade. Krishna, na *Bhagavad Gita*, recomenda a seu discípulo Arjuna: "'Trabalha intensamente, mas renuncia a cada momento aos frutos do teu trabalho". Lao-tsé, no seu livro *Tao*, não cessa de repetir: "É necessário agir pelo não-agir". No Evangelho do Cristo lemos: "Meu Pai age até hoje, e eu também ajo". E a seus discípulos diz ele: "Quando tiverdes feito tudo que devíeis fazer, dizei: somos servos inúteis; cumprimos a nossa obrigação; nenhuma recompensa merecemos por isso".

A filosofia oriental reduziu a três as atitudes do homem em face do mundo material: 1) falso-agir, 2) não-agir, 3) reto-agir.

Sendo que milhões de homens profanos pecam pelo falso-agir, que eles chamam agir, alguns místicos acharam que é preferível o não-agir ao agir. Mas os verdadeiros homens espirituais descobriram uma terceira atitude, que não é falso-agir nem não-agir, mas sim reto-agir.

O falso-agir consiste em agir por amor às coisas do ego, que é um agir condenável, uma vez que o ego é uma ilusão, e não se deve agir por amor a uma ilusão.

O reto-agir consiste em agir por amor ao Eu divino no homem, a fim de realizar Deus no homem, que é auto-realização; embora esse reto-agir seja feito por intermédio do ego, que é inevitável, não é feito por amor a esse ego ilusório. É possível exercer qualquer atividade profissional sem ser egoísta; quem age para realizar o seu Eu divino, age corretamente.

Não basta, para esse reto-agir, fazer uma "boa intenção", que é outra atividade do ego. Agir por amor à alma é agir de dentro da substância total e permanente do seu ser.

Entretanto, é difícil ser sincero consigo mesmo, usar os bens materiais externamente sem ser apegado a eles internamente. É mais fácil abandoná-los também externamente do que ser sincero consigo mesmo, fazendo camuflagem de estar desapegado, quando não se está. Sem nada entramos neste mundo, e sem nada sairemos dele. Mas ai de nós se não nos tivermos enriquecido internamente! Seremos como aquele "servo mau e preguiçoso", que devolveu a Deus o que de Deus recebera, sem nada ter creado com o poder creativo da sua alma.

O rico de que fala o texto acima acumulou bens materiais, sem nenhuma realização espiritual.

64. Disse Jesus: um homem fez um banquete e, depois de tudo preparado, enviou seu servo para chamar os convidados. Este foi ter com o primeiro e lhe disse: meu senhor te convida para o banquete. O homem respondeu: uns negociantes me devem dinheiro; eles vêm à minha casa esta noite, e eu tenho de falar com eles; peço-te que me dispenses de comparecer ao jantar. O

servo foi ter com outro e lhe disse: meu senhor te convidou. Este respondeu: comprei uma casa, e marcaram um dia para mim; não tenho tempo para ir. Foi ter com outro, dizendo: meu senhor te convida. Este respondeu: um amigo meu vai casar-se, e eu fui convidado para preparar a refeição; não posso atender; favor dispensar-me. Foi ter com outro e disse: meu senhor te convida. Este respondeu: comprei uma vila e vou cobrar a renda; não posso comparecer; queira excusar-me. O servo voltou e comunicou a seu senhor: os convidados ao banquete pedem que os dispenses de comparecerem. Disse o senhor a seu servo: vai pelos caminhos e traze os que encontrares, para que venham ao meu banquete; mas os compradores e negociantes não entrarão nos lugares de meu Pai.

Comentário:

Como em outro Evangelho, Jesus faz ver que as ocupações mundanas são o grande obstáculo que impede os homens de atenderem ao convite para a realização do Reino de Deus dentro deles. Alo-realizações dificilmente são compatíveis com auto-realização. Não é possível convencer o ego para não ser egoísta; o ego não vê nada senão objetos externos; falar-lhe no sujeito interno é o mesmo que falar de luz a um cego, ou de música a um surdo.

Que fazer então?

Não é possível interessar o ego por algo que não seja do ego. A única coisa que um mestre espiritual pode e deve fazer é mostrar-lhe um tesouro maior do que ele mesmo. Se o mestre for capaz de fazer isso, tudo está resolvido — assim como é fácil levar alguém que tem 10 reais acenando-lhe com uma nota de 100 reais em troca dos 10. Mas como mostrar ao ego um tesouro além do ego? Será ele capaz de enxergar esse tesouro para ele invisível? Pois o ego é praticamente um cego.

Aqui está a grande dificuldade. Boas palavras e bons conselhos nem sempre resolvem o problema.

A única esperança é o invisível impacto que o mestre exerce sobre o discípulo. Ninguém sabe dizer o que é esse impacto do Mestre. Uns pensam que é seu bom exemplo; outros dizem que são suas auras, seus fluidos espirituais, etc.

Não sabemos o que realmente move o homem-ego para ultrapassar a sua egoidade e deixar-se invadir pelo espírito de Deus. Por que Judas não se converteu na presença do melhor dos Mestres, dentro das mais poderosas auras do Cristo? E por que Paulo de Tarso se converteu no pior dos ambientes?

Em última análise, o homem é tão livre para ser mau no meio dos bons como é livre de ser bom no meio dos maus. O livre-arbítrio é o maior dos mistérios do fenômeno humano. É uma fortaleza inexpugnável; suas portas só abrem para dentro, e não para fora.

Em face dessa inexpugnabilidade do livre-arbítrio alheio, deve o Mestre e educador contentar-se com a semeadura da verdade e do bem, e não contar com colheita alguma da parte de seu discípulo ou educando. A lei da constância das energias, que a física conhece, vale também para a metafísica: nenhuma energia se perde, todas se transformam. Se o Mestre ou educador não vê nenhum resultado dos seus esforços, não considere perdidos esses esforços. Essas energias espirituais por ele creadas produzirão efeitos em outros homens, talvez em outros mundos em outros séculos. Semear sem esperança de colheita exige a mais completa libertação de toda e qualquer espécie de egoísmo.

65. Disse ele: um homem tinha uma vinha. Arrendou-a a uns colonos para a cultivarem, a fim de receber deles o fruto. Enviou seu servo para receber o fruto da vinha. Os colonos prenderam o servo e o espancaram a ponto de quase o matar. O servo foi dar parte a seu senhor. Esse disse: talvez eles não o tenham conhecido, e enviou-lhes outro servo. Mas eles espancaram também este. Então o senhor mandou seu filho, dizendo: talvez tenham respeito a meu filho. Mas, como os colonos soubessem que esse era o herdeiro da vinha, prenderam-no e o mataram. Quem tem ouvidos para ouvir, ouça!

Comentário:

Em face do perverso procedimento desses colonos, parece impossível admitir a existência do livre-arbítrio em todo o ser humano; parece que há homens necessariamente maus.

Cientistas modernos afirmam, e tentam provar com experiências de laboratório, que a liberdade é um mito, uma ilusão.

Entretanto, todo ser humano normal é potencialmente livre — mas poucos são atualmente livres. A liberdade potencial é um presente de berço, faz parte da natureza humana — mas a liberdade atual é uma conquista da consciência, que nem todos fizeram. Quem não conquistou a liberdade pela consciência é apenas potencialmente livre, mas é atualmente escravizado pelas circunstâncias.

Daí não se segue todavia que esse homem não seja responsável por seus atos; ele é culpado por seus atos maus porque não se libertou da escravidão em que vive, quando devia libertar-se. Ele é culpado na causa. Quem pode deve, e quem pode e deve e não faz crea débito, culpa.

Quando um cientista submete centenas ou milhares de pessoas a um teste psicológico, e depois conclui que não há liberdade, porque os testes realizados não a revelaram, comete ele uma monstruosa falta de lógica: de *muitos* conclui ele para *todos*. É bem possível que todas essas cobaias não tenham conquistado jamais a sua liberdade atual — mas, apesar disso, são potencialmente livres. E sua grande culpa consiste precisamente no fato de não terem atualizado a sua liberdade potencial. Se um Buda, um Cristo, um Gandhi tivessem passado pelo laboratório desses cientistas, bem diferente teria sido o resultado.

Os exemplos acima provam que poucos homens conquistaram a liberdade.

Ao que Jesus visa com essas palavras é o procedimento de Israel através de séculos: alguns dos profetas que Deus lhe enviou foram perseguidos, e o próprio Jesus previa a sua morte violenta às mãos dos sacerdotes da Sinagoga. Os profetas eram os locutores de Deus, ao passo que os sacerdotes eram apenas organizadores humanos. O último dos profetas, Malaquias, morreu quatro séculos antes do aparecimento de Jesus, e desde então foi Israel entregue exclusiva-mente aos sacerdotes, que haviam "tirado a chave do conhecimento do Reino de Deus" e eram "guias cegos guiando outros cegos".

Por essa razão, não foi Jesus reconhecido pela Sinagoga como o Messias anunciado pelos profetas.

Israel, decadente, esperava um Messias político-militar que o libertasse do poder dos invasores romanos. E, como Jesus não se interessava pela libertação política, os sacerdotes o rejeitaram como falso Messias — e até hoje aguardam o seu libertador.

66. Disse Jesus: mostrai-me a pedra que os arquitetos rejeitaram. Ela é a pedra angular.

Comentário:

Em todos os livros sacros é o Cristo chamado pedra angular, isto é, a pedra sobre a qual repousa toda a firmeza e segurança do edifício.

Através de quase vinte séculos, essa pedra fundamental do cristianismo tem sido grandemente ignorada ou descompreendida. Certas teologias eclesiásticas substituíram o Cristo por algum santo, sobretudo pela mãe de Jesus, que é chamada "rainha dos céus", "medianeira de todas as graças", da qual dependeria toda a salvação do homem.

Outras ideologias religiosas identificam o Cristo com a personalidade humana de Jesus, que, segundo eles, seria um homem como nós, embora com evolução mais avançada. A redenção do homem viria da personalidade humana de Jesus, do seu sangue, e não da identidade divina do Cristo. E, como Jesus viveu e morreu no passado, em terra longínqua, a pedra fundamental da redenção seria distante de nós no tempo e no espaço.

Entretanto a verdadeira pedra fundamental é o Cristo eternamente presente, aqui e agora, o Cristo interno que está conosco todos os dias. Auto-redenção é Cristo-redenção. Quem realiza o seu Cristo interno pela consciência mística e vivência ética, esse se auto-realiza. A parábola da videira e seus ramos é a magnífica ilustração para esta verdade, mostrando que a mesma vida do Cristo que vitaliza o tronco vitaliza também os ramos da videira. Auto-realização é Cristo-realização.

Nesse sentido, é o Jesus cristificado a pedra fundamental para toda a humanidade, o precursor e pioneiro para todo homem que queira realizar-se e atingir o supremo destino da sua existência. Rejeitar essa pedra fundamental é o mesmo que falhar o seu destino existencial. De maneira que as palavras acima são uma continuação do capítulo precedente e um alargamento que ultrapassa o destino particular de Israel e é um aviso para o destino de toda a humanidade. A salvação de todo homem está em realizar em sua pessoa o que Jesus realizou em sua pessoa: a total cristificação da sua natureza humana, a ponto de poder dizer: está consumada a minha missão.

67. Disse Jesus: quem conhece o Universo, mas não se possui a si mesmo, esse não possui nada.

Comentário:

O Evangelho, como se vê, é puro autoconhecimento, que culmina em auto-realização. Os grandes Mestres da humanidade, do Oriente e do Ocidente são unânimes em pôr o autoconhecimento acima de qualquer alo-conhecimento.

As teologias antigas giram em torno do conceito "salvação". O conceito salvação sugere uma conotação de escapismo futurista, póstumo, ao passo que o conceito "auto-realização" é decididamente presentista, compreendendo a vida total do homem, terrestre e celeste; o homem deve iniciar a sua verdadeira realização, o Reino de Deus, interno e externo, aqui e agora, harmonizando a sua consciência mística e sua vivência ética com a Divindade.

Quem só conhece o Universo, mas ignora a si mesmo, conhece muitos nadas; mas quem se conhece a si mesmo, conhece sua alma, que é também a alma do Universo. O homem e o cosmo são concêntricos — o centro de ambos é Deus. Realizar-se é conscientizar Deus em si mesmo e conscientizar Deus no Universo. Realizar-se é Universificar-se.

O homem intelectual, escreve Einstein, descobre aquilo que é (*das was ist*), mas o homem espiritual realiza em si aquilo que deve ser (*das was sein soll*); aquele é um descobridor de fatos, este é um creador de valores. Valor é Realidade eterna, fatos são reflexos passageiros. Do substantivo latino *factum* veio o adjectivo *facticium*, que mais tarde deu *ficticium*; quer dizer que os fatos são fictícios e não reais.

Quem conhece o Universo todo conhece mil coisas fictícias, como quem se apoderou de um grande número de zeros: 000000. Mas, se conhece a si mesmo, possui um valor real, como o "1". Nenhum zero se pode autovalorizar, porque representa uma nulidade, uma vacuidade, uma ficção; mas, quando a nulidade do zero se põe ao lado direito da Realidade "1", deixa de ser nulidade e adquire quantidade: 1.000.000. Todos os zeros foram valorizados pelo valor "1"; todas essas nulidades foram desnulificadas e quantificadas pela qualidade.

O homem que crea valores metafísicos em si mesmo pelo autoconhecimento pode desnulificar as nulidades físicas e valorizá-las.

O homem profano joga só com zeros, é milionário de zeros: 00000000.

O místico isolacionista descobriu o valor "1" e rejeitou os zeros.

O homem-cósmico, depois de abandonar os zeros para realizar o "1" e depois revogou do exílio os zeros, construiu a grande síntese: 1.000.000.

Nesse sentido escreveu Albert Schweitzer: "O cristianismo é uma afirmação do mundo que passou pela negação do mundo".

68. Disse Jesus: felizes sois vós, se vos rejeitarem e odiarem. E lá onde vos tiraram e odiaram não será encontrado lugar algum.

Comentário:

A razão de ser da nossa encarnação terrestre consiste em que a nossa alma espiritual encontre resistência material; porquanto, sem resistência não há evolução. As eternas leis cósmicas exigem de nós essa evolução.

Resistência é oposição, dificuldade, tensão, tentação, sofrimento. Quando o nosso Eu espiritual se reveste do invólucro do ego material, encontra ele resistência.

O sofrimento vem ou das adversidades da natureza ou das perversidades dos homens. E estas últimas representam a parte principal dos sofrimentos do homem que se revestiu de um corpo material.

Em face desse invólucro material e desse ambiente hostil, duas atitudes são possíveis: ou derrota ou vitória. Se a nossa alma espiritual for mais fraca que o ambiente material, será derrotada. Se, porém, a nossa alma intensificar a sua força, será vitoriosa e servir-se-á do próprio mundo material para aumentar a sua força. Nesse caso, os sofrimentos causados pelo mundo e pelos homens reverterão em benefício e evolução ascensional da alma. Por isso, é feliz aquele que sofre perseguição, suposto que não sucumba a ela, mas sirva-se dela para intensificar a sua voltagem espiritual.

Quando a nossa alma entrou neste mundo e se revestiu do corpo, era ela carta branca, sem virtude nem vício, em estado neutro.

Quando a nossa alma sair deste mundo, não levará consigo um átomo sequer do seu corpo, nem um centavo da sua fortuna. Mas ai da alma que sair do mundo como entrou no mundo! Ouvirá de Deus as palavras que ouviu aquele servo inoperante da parábola dos talentos: "Servo mau e preguiçoso".

A razão por que a alma se revestiu do corpo é para se enriquecer e adquirir experiência através desse corpo. No ponto zero a alma entrou, mas ai dela se sair no ponto zero! As leis cósmicas não dão potencialidades para não serem atualizadas. Quem recebe potencialidades evolutivas tem obrigação de atualizar ou fazer frutificar essas possibilidades. Do contrário, torna-se culpado, porquanto "Deus creou o homem o menos possível, para que o homem se possa crear o mais possível".

As dificuldades da vida são um meio para que o homem possa alcançar o fim da sua encarnação terrestre.

Os perseguidores, porém, depois de terem perseguido o homem justo, se verão diante de um vácuo, porque, em vez de o prejudicarem, foram prejudicados, foram motivo de involução negativa em si mesmos.

69. Disse Jesus: felizes no seu coração são os perseguidos, os que na verdade conhecem o Pai. Felizes são os famintos, porque o corpo dos que sabem querer será saciado.

Comentário:

Esta continuação do capítulo precedente vem explicitamente mencionada no Sermão da Montanha, segundo Mateus.

Três atitudes humanas são possíveis em face do sofrimento e das adversidades da vida: revolta, resignação, regeneração.

O homem totalmente profano se revolta contra os sofrimentos, porque os considera somente como inimigos.

O homem espiritual tolera estoicamente os sofrimentos, sem se revoltar nem os aceitar; mantém-se numa atitude de passiva neutralidade, uma vez que não pode evitar as adversidades; não se torna melhor nem pior em face do sofrimento.

O homem crístico, porém, pergunta com o Mestre "não devia eu sofrer tudo isso para assim entrar em minha glória?" Esse homem clarividente vê no sofrimento um amigo, um anjo, vestido de luto, sim, mas com o sorriso da redenção nos lábios e a esperança da imortalidade nos olhos.

Não é verdade que o sofrimento como tal redima o homem, como alguns pensam. Há sofredores que se tornam piores pelo sofrimento; alguns acabam no suicídio; outros cream dentro de si um inferno de revolta e amargura. Não é o sofrimento em si que redime o homem;

é a atitude que o homem assume em face do sofrimento que o modifica para melhor ou para pior.

Felizes são os famintos de uma vida superior, já enfastiados da vida profana. O próprio corpo desses famintos do espírito participará da plenificação espiritual. É necessário saber querer o céu para possuir também a terra.

70. Jesus disse: se fizerdes nascer em vós aquele que possuis, ele vos salvará; mas, se não possuirdes em vós a este, então sereis mortos por aquele que não possuis.

Comentário:

É um jogo genial entre a alma que o homem possui e é e o corpo que ele não possui nem é, mas pelo qual ele é possuído.

O nosso Eu divino, quando plenamente possuído, salva até o ego humano; autoconhecimento transborda em auto-realização, beneficiando também o nosso corpo.

Quando o homem se deixa possuir pelo ego, sucumbe à auto-extinção; porque o ego não se pode imortalizar por si mesmo, mas só pode ser imortalizado pelo Eu.

Quem quiser salvar o seu ego, sacrificando o Eu, esse perderá tanto este como aquele; mas quem está disposto a perder o seu ego a fim de salvar o seu Eu, esse salvará os dois, que, no fundo, são um só. Na realidade, o ego é o próprio Eu em estado embrionário e primitivo; o ego é para o Eu o que a semente é para a planta. Quando a semente morre, não morre a alma, a vida da semente; morre tão-somente o invólucro estreito que impedia que a vida da semente se expandisse na largueza da planta.

O homem pode viver em três mundos: o mundo do ego ilusório; o mundo do tu-social; e o mundo do Deus-real. No primeiro mundo, o homem vive num sono sem sonhos; no segundo mundo, o homem vive num sono com sonhos; no terceiro mundo, o homem vive sem sono nem sonhos, em plena vigília, totalmente acordado, como Buda após a sua experiência mística, como o Cristo.

Quando alguém dorme, não sabe nada de si mesmo. Quando sonha, vive no mundo pseudo-real, que lhe parece vero-real; neste mundo dos sonhos, o homem é rico ou pobre, ganha a sorte grande e é feliz; é vítima de um acidente e morre — tudo isso é real para quem sonha. Mas, depois de despertar, o homem não dá importância ao que sonhou, e diz indiferente "foi apenas um sonho"; não se alegra com sua riqueza sonhada, nem se entristece com sua morte sonhada.

Quando, algum dia, despertarmos do sonho desta vida terrestre, não poderemos compreender como nos pudéssemos alegrar e entristecer com os sonhos, felizes ou infelizes, da vivência terrestre. Deixaremos de ser egoístas ou altruístas, porque o pequeno eu próprio e o tu alheio foram integrados na grande Realidade divina.

71. Disse Jesus: destruirei esta casa, e ninguém a poderá reconstruir.

Comentário:

Os outros Evangelhos referem: disse Jesus, destruí este templo, e em três dias o reconstruirei. Referia-se ele ao templo do seu próprio corpo, e não ao templo de Jerusalém, como os judeus compreenderam.

Nenhum homem pode construir a casa ou o templo do seu corpo, construído por Deus. Paulo de Tarso chama o nosso corpo o templo do espírito santo, que não deve ser profanado pelo homem.

De dois modos pode o homem profanar o seu corpo, santuário da alma: ou pela hipertrofia ou pela atrofia. O homem profano comete sacrilégio contra esse templo de Deus, usando-o unicamente para satisfazer os seus apetites, comendo, bebendo, gozando.

Muitos santos atrofiavam o seu corpo, porque viam nele o inimigo da alma. Se agiam com boa vontade, não agiam com sabedoria. O corpo não é, de *per si*, inimigo da alma, e sim seu veículo e auxiliar. O corpo deve a tal ponto ser disciplinado pela alma que lhe sirva em tudo como servo dócil e obediente. Aliás, é erro atribuir pecado ao corpo; quem peca é a nossa mente, e não a matéria. Quando a nossa mente é serva dócil da alma, o corpo é servo dócil da mente — e reina perfeita harmonia na vida do homem.

Quando alguém se mata de uma vez é chamado suicida; muitos, porém, cometem suicídio em prestações, e são considerados homens sensatos. Suicídio em prestações é arruinar paulatinamente a saúde e sanidade, seja por uma vida desregrada, seja por excesso de mortificações. O filósofo estóico Sêneca escreveu: "O homem não morre — o homem se mata".

Mais do que nunca, é isso verdade nas grandes metrópoles do nosso tempo, onde milhares de seres humanos envenenam sistematicamente o seu corpo numa atmosfera poluída e envenenam a mente num ambiente social mais poluído ainda. A humanidade chamada civilizada caminha diariamente a um suicídio coletivo imperceptível. O egoísmo, a ganância, a luxúria, a ambição, a chamada civilização, prometem tornar a vida humana agradável, mas são fatores traiçoeiramente mortíferos.

E quem reconstruirá a casa da alma destruída pelo homem?

72. Alguém disse a Jesus: dize a meus irmãos que repartam comigo os bens de meu Pai.

Respondeu Jesus: homem, quem me constituiu partidor? E dirigindo-se a seus discípulos, disse-lhes: será que eu sou um partidor?

Comentário:

Em forma algo diferente referem os outros evangelistas estas palavras de Jesus. Mas a última pergunta do texto acima faz adivinhar um sentido mais amplo e profundo: será que eu sou um partidor de bens materiais?

Um verdadeiro Mestre espiritual não parte nem reparte bens materiais; não lhe interessa que certa porção de matéria morta esteja nas mãos de A, de B ou de C. Para ele, os bens materiais são coisas fictícias, cuja distribuição em nada modifica a realidade do possuidor. Que alguém tenha muitos zeros ou poucos zeros — 000000 ou 000 —, isso lhe é totalmente indiferente. Enquanto o suposto possuidor é um possuído, nenhum desses zeros, pequenos ou grandes, o pode redimir da irredenção da sua nulidade; falta ao *possuído* o "r" redentor de *possuidor*. Se o possuído se tornar um possuidor não possuído, pouco ou nada já lhe interessa os bens materiais. E, caso os possua, são eles desnulificados da sua nulidade, assim como os zeros do lado direito do "1" deixaram de ser nulidades e se tornaram algo: 1.000.000.

Raras vezes, um iniciado se imiscui nos afazeres dos profanos. Dificilmente um homem espiritual se vê à frente de negócios mundanos. E, se a isso for obrigado, não é afetado por nenhuma materialidade.

73. Disse Jesus: grande é a messe, e poucos são os operários. Pedi, pois, ao Senhor para que mande operários à sua messe.

Comentário:

Estas palavras, também referidas por outros evangelistas, adquirem em nossos dias um sentido todo especial: é sem precedentes a fome e sede que milhares de homens têm do mundo espiritual e divino. Quanto mais cresce, por um lado, a profanidade de uma parte da humanidade, tanto mais cresce também a espiritualidade de outra parte. Em todos os cinco continentes do globo existem numerosos grupos de homens e mulheres que fazem diariamente a sua hora de meditação. Em tempos antigos, meditação era para os iogues orientais, ou, aqui no Ocidente, para pequenos grupos de frades e freiras, nos mosteiros e conventos.

Um homem do mundo não pensava em meditação. Hoje em dia, há centenas de milhares de industriais comerciantes, cientistas de laboratório e professores de universidades, homens de todas as profissões e setores sociais, que fazem diariamente a sua concentração mental e meditação espiritual. A sua Cristo-conscientização. Esse fenômeno prova que muitos homens já descobriram que o encontro com sua alma favorece não somente a vida após morte, mas também a vida presente.

Visto que as leis que regem o macrocosmo mundial são as mesmas que governam o microcosmo hominal, não admira que assim aconteça. Quanto mais se intensificam as forças centrífugas rumo à periferia, tanto mais se intensificam também as forças centrípetas rumo ao centro. Se assim não fosse, o cosmo deixaria de ser um sistema de equilíbrio e harmonia e acabaria num pavoroso caos de desequilíbrio e desarmonia.

O que no mundo extra-hominal é garantido pela Inteligência Cósmica deve ser garantido, no mundo hominal, pela consciência do livre-arbítrio. O homem moderno, cada vez mais solicitado pelo centrifuguismo do ego periférico, se sente imperiosamente impelido a intensificar o centripetismo do seu Eu-central, a fim de manter a integridade e coesão da sua natureza humana. Verdade é que esse centripetismo espiritual abrange apenas uma pequena elite, e não a grande massa humana. Mas essa elite espiritual pode atuar como fator espiritualizante no meio da massa profana. Se é verdade o que Mahatma Gandhi disse — que um único homem plenamente espiritual neutraliza a profanidade de muitos milhões

—, então a pequena elite pode equilibrar o desequilibramento da massa profana.

Hoje, na plenitude dos tempos, no início da Era de Aquário, se definem cada vez mais as posições: o preto se torna mais preto, o branco se torna mais branco — em que pese aos amigos do cinzento, que ainda não sabem o que fazem.

74. Disse ele: Senhor, muitos rodeiam a fonte, mas ninguém entra na fonte.

Comentário:

Já no início da Era Cristã, lamentava o grande Orígenes, de Alexandria, que muitos falassem do Cristo e poucos se cristificam. Muitos sabem que existe uma fonte de águas vivas, poucos bebem dessa água.

Este mesmo fenômeno, aliás, se repete no mundo inteiro: quase toda a Ásia conhece a sabedoria de Buda, de Krishna, de Lao-tsé; muitos admiram as "quatro verdades nobres", a *Bhagavad Gita*, o *Tao Te Ching* — e poucos descem à profundeza dessas fontes de sabedoria vivenciando-a. Quase todo o Ocidente, europeu e americano, se diz cristão; muitos lêem os Evangelhos, fazem sermões, conferências e escrevem poesias sobre os ensinamentos de Jesus — mas quantos orientam a sua vida pelas grandes verdades do Cristo?

É fácil andar ao redor da fonte, espelhar-se em suas águas, contemplar a sua limpidez — sem beber uma gotinha das suas águas vivas. Difícil é descer às profundezas da fonte, beber da sua vida e vitalizar com ela todos os setores da vida. No colóquio com a samaritana, disse Jesus: "Se tu conhecesses o dom de Deus e aquele que te fala, tu lhe pedirias, e ele te daria água viva, e essa água tornar-se-ia em ti uma fonte de águas vivas, jorrando para a vida eterna".

No princípio, as águas parecem fluir de fora para dentro de nós; no fim, porém, verificamos que se formou dentro de nós mesmos uma fonte de águas vivas, que nós mesmos somos uma nascente — e então essas águas jorram de dentro para fora, beneficiando também os outros. Ninguém pode ser beneficente antes de ser benevolente. Ninguém pode fazer bem aos outros se não for bom em si mesmo. Ninguém pode fazer transbordar as suas águas, se não tiver plenitude delas. Somente a plenitude interna é que pode transbordar externamente. Somente a consciência mística pode transbordar em vivência ética.

Quem não descer à profundeza da fonte, perde o seu tempo em rodear a fonte.

75. Disse Jesus: muitos estão diante da porta — mas somente os solitários é que entram na sala nupcial.

Comentário:

A suprema experiência espiritual aparece sempre na forma de núpcias místicas com o divino Esposo. A alma humana é como uma virgem que se entrega totalmente a Deus.

Muitos desejariam celebrar estas núpcias divinas, mas não conseguem cruzar o limiar da porta que conduz ao interior desse tálamo místico.

Que é que os impede se estão diante da porta, por que não entram? Por que não se entregam ao divino Esposo? Qual o seu obstáculo?

O seu obstáculo é a sua falta de solidão. Não são almas suficientemente solitárias. Andam mancomunadas com outros amores. Não são almas virgens, puras; estão cheias de desejos e compromissos profanos. Não são monogâmicas — vivem nas poligamias do ego.

Os que entram na sala e celebram as suas núpcias divinas são as almas solitárias, as que disseram adeus aos amantes mundanos, que se afastaram dos ruídos da multidão, perderam de vista todos os litorais da sociedade e todas as praias dos interesses do ego, e se deixaram empolgar pelas ondas bravias dos mares de Deus.

Todo homem realmente espiritual verifica que a sua solidão aumenta na razão direta da sua espiritualização. O homem profano é rodeado de muitos, o iniciado é cada vez mais isolado, até que a sua solidão atinge o cume do Everest, onde a alma se encontra com Deus em total solidão e silêncio, em absoluta nudez espiritual. Nem pai nem mãe, nem filho nem filha, nem esposo nem esposa, nem amigo algum nos pode acompanhar nesse último trecho da nossa jornada à silenciosa Divindade. A alma a sós com Deus...

Na razão direta que o homem se espiritualiza, mais se incompatibiliza com a sociedade em que vive. Os assuntos dos seus amigos de outrora não o interessam mais; e o que o interessa não interessa aos outros. Quanto mais o homem se aproxima de Deus, mais se distancia dos homens que não se aproximam de Deus. Mas, por outro lado, o homem espiritual encontra o seu mundo de afinidade interior mil vezes mais belo que todas as sociedades profanas de outrora. Ele vive na "comunhão dos santos".

Também na vida de Jesus aparece essa progressiva solidão: no domingo de ramos, milhares de amigos o ovacionaram. Na santa ceia, ainda são doze. Pouco depois, onze. No horto das oliveiras, são apenas três que acompanham o solitário sofredor. No calvário só lhe resta um dos seus discípulos. E deste único discípulo fiel Jesus se desfaz, entregando-o à sua mãe. E assim, em total solidão e desnudez, pôde ele dizer: "Está consumado... Pai em tuas mãos entrego o meu espírito"...

Muitos estão diante da porta — poucos entram no interior do santuário — são os grandes solitários...

76. Disse Jesus: o Reino é semelhante a um negociante que possuía um armazém. Achou uma pérola, e, sábio como era, vendeu todo o armazém e comprou essa pérola única. Procurai também vós o tesouro imperecível, que se encontra lá onde as traças não se aproximam para comê-lo nem os vermes o destroem.

Comentário:

Esta parábola, referida algo diferente por outros evangelistas, focaliza a idéia central de todos os ensinamentos de Jesus: procurar o Reino de Deus, mesmo à custa de todas as outras coisas do mundo. Tudo que fascina o ego humano são apenas quantidades ilusórias, ao passo que a única qualidade verdadeira é aquilo que o Mestre chama "a única coisa necessária", o Reino de Deus, que está dentro do homem, mas é um tesouro desconhecido ao profano.

As verdadeiras pérolas materiais nascem dentro de umas conchas no fundo do mar. Para apoderar-se de uma dessas pérolas, deve o homem arriscar-se a um mergulho nas profundezas do mar.

Para descobrir a pérola do Reino, que está nas profundezas da alma, deve o homem mergulhar profundamente dentro de si mesmo, deve perder de vista todas as praias e litorais do mundo externo, a sociedade dos homens, e arriscar-se a submergir na tenebrosa solidão de Deus — em busca da luz, da pérola, da verdade.

Mas, como uma única qualidade real compensa todas as quantidades ilusórias, o homem que descobre o Reino de Deus não perde nada; perde nulidades, para ganhar a Realidade.

Para que o homem possa adquirir tão grande riqueza, deve ele, acima de tudo, adquirir uma nova visão, uma espécie de introvisão, ou ultravisão. Quem só vê com os olhos do corpo ou da mente, mas não tem o "olho simples" do espírito, não sabe dar valor à pérola preciosa e prefere o seu armazém de futilidades ao tesouro imperecível da alma.

77. Disse Jesus: eu sou a luz, que está acima de todos. Eu sou o "Todo". O Todo saiu de mim, e o Todo voltou a mim. Rachai a madeira — lá estou eu. Erguei a pedra — lá me achareis.

Comentário:

Palavras como estas têm um sabor genuinamente oriental, hindu. É tradição cristã antiga que o apóstolo Tomé viveu e morreu na Índia.

As palavras de Jesus acima referidas por Tomé fazem lembrar o princípio do Evangelho de João: "No princípio era o Lógos... tudo foi feito pelo Lógos, e sem ele nada foi feito do que feito foi... Eu sou a luz do mundo".

No Evangelho de Tomé, Jesus, referindo-se ao seu Cristo, diz que ele é a luz, que o Todo, o Universo, veio dele e volta a ele.

No capítulo XI da *Bhagavad Gita* encontramos palavras idênticas: Krishna, o Cristo oriental, a suprema encarnação humana de Brahman, afirma que ele é o Creador do Universo, que tudo está nele, e ele está em tudo. Brahman, a Divindade, o Espírito Universal, Eterno e Infinito, o Uno, se manifesta pelo Verso, e a primeira e mais perfeita emanação individual do Espírito Universal é chamada o Lógos, isto é, a Razão. A Razão é a mais alta manifestação do Espírito, da Divindade, de Brahman. Nos seres inferiores, a Razão se manifesta como Inteligência, *Noûs* em grego. Daí, em sentido descensional, nascem a vida, a luz, a matéria.

No mundo físico, é a luz a mais alta Realidade, e a matéria, a mais baixa.

Há cerca de três mil e quinhentos anos, Moisés escrevia o mesmo, por intuição: "No primeiro *yom,* os Elohim fizeram a luz".

Hoje, a nossa ciência sabe que os 92 elementos da química e seus derivados são condensações da luz, são lucigênitos.

Ultimamente, os corifeus da Era atômica, de Princeton, elaboraram uma síntese genial desta verdade, a que deram o nome de

Gnose, palavra grega para conhecimento intuitivo. Afirmam estes cientistas que o Universo se assemelha a uma tapeçaria que, quando vista pelo lado direito, se chama *religião*, e, quando vista pelo avesso, se chama *ciência*. Mas o Universo é um só, *Uno* na sua causa, *Verso* em seus efeitos.

* * *

Rachai a madeira e lá estou eu; erguei a pedra, e lá me achareis: estas palavras são a continuação de capítulos anteriores, frisando a onipresença do Cristo-Lógos.

Para o homem-ego, para o profano, o não-iniciado, palavras como estas são absurdas ou então panteísticas. O homem empírico-analítico, que se guia exclusivamente pelo testemunho dos sentidos e do intelecto, é incapaz de compreender a onipresença do espírito; só conhece presenças parciais, sucessivas, percebidas pelos órgãos físico-mentais. A presença total, porém, a simultaneidade da onipresença, intuída pela razão espiritual, lhe é tão impossível como um círculo quadrado, como uma brancura preta, como uma doçura amarga. Quando o homem profano, empírico-analítico, tenta conceber a onipresença simultânea do espírito, cai ele no erro de imaginar uma série de presenças sucessivas, supondo uma existência individual de Deus em cada creatura, chegando assim ao ridículo de um politeísmo caótico, ou de um panteísmo ingênuo.

Somente nas alturas de uma verdadeira intuição espiritual pode o homem compreender a presença de Deus na madeira, na pedra, em toda parte. A intuição espiritual não é um prolongamento da inteligência analítica; é antes um novo início, uma invasão cósmica no homem. O homem não é o *fazedor* dessa invasão, mas sim o *recebedor* dela. E essa invasão cósmica só ocorre quando o homem se torna *invadível*, quando o homem crea em si uma abertura por onde a alma do Universo o possa invadir. O ego-esvaziamento é a condição indispensável para que lhe aconteça a cosmo-plenificação.

78. Disse Jesus: por que saístes ao campo? Para verdes um caniço agitado pelo vento? Ou um homem vestido de roupas macias? Os reis e grandes vestem roupas macias – e eles não poderão conhecer a verdade.

Comentário:

É sabido que estas palavras foram ditas com referência ao homem austero que era João Batista. Mas são aplicáveis a todo e qualquer homem que prefere a escravidão blandiciosa à verdade austera. Mahatma Gandhi falava de experiência própria quando dizia: "A verdade é dura como diamante, mas é delicada como flor de pessegueiro".

É experiência geral que a transição de uma vida profana para uma vida sagrada é terrivelmente dura e austera; e os que não têm a coragem para enfrentar essa "dureza diamantina" nunca chegarão a conhecer a "delicadeza flórea", porque, no início, o caminho que conduz ao Reino de Deus é "caminho estreito e porta apertada"; somente no fim da espinhosa jornada se revela "jugo suave e peso leve".

No princípio, o profano não está sintonizado com a nova dimensão de espírito, e o mais belo dos mundos lhe parece dissonante, por falta de sintonização do seu aparelho receptor com a estação emissora da música divina. Uma vez que o homem sintonizou a sua alma com o espírito de Deus, não há nada mais suave e encantador do que esta música.

Mas os que são como caniços frágeis agitados pelos ventos da multidão profana; os que não têm disciplina interior e temem a dureza inicial — estes jamais saborearão as delícias da verdade.

79. Uma mulher da multidão disse-lhe: feliz o ventre que Te gestou e os seios que Te amamentaram.

Respondeu ele: felizes os que ouviram o Verbo do Pai e viveram a Verdade. Porque virão dias em que direis: feliz o ventre que não concebeu e felizes os seios que não amamentaram.

Comentário:

Lucas refere estas palavras em outra conexão. Mas o sentido básico é o mesmo. Uma mulher tipicamente feminina bendiz a mãe de Jesus, encantada com as palavras dele. O Mestre, porém, passa da concepção humana de Jesus para a concepção divina do Cristo. Para ele, é mil vezes mais feliz a alma que concebeu o Cristo do que qualquer pessoa que concebeu um ser humano. E, se alguém gerou e nutriu o corpo de uma criança, mas não concebeu e nutriu o espírito do Cristo, essa creatura é infeliz.

Mil vezes mais importante é o nascimento pelo espírito do que o nascimento pela carne.

Nossos pais nos deram o corpo, mas a nossa alma vem de Deus.

Através de todos os Evangelhos se observa um certo menosprezo de Jesus pelo parentesco carnal, e ao mesmo tempo uma grande estima pela afinidade espiritual. Ele dá pouca importância à família que nos fez, e dá muitíssima importância à família que nós fazemos.

Para o homem profano, é repelente essa mentalidade de Jesus, uma vez que o homem comum é incapaz de pensar e sentir a grandeza da vida espiritual, que era o ambiente natural do Cristo encarnado em Jesus.

80. Disse Jesus: quem conheceu o mundo achou o corpo. Mas quem achou o corpo, desse tal não é digno o mundo.

Comentário:

Quem conheceu o verdadeiro caráter deste mundo material sabe que o mundo é um corpo morto, e não a alma viva. E para esse conhecedor espiritual o mundo não é digno de amor. Esse homem tolera o mundo, mas não se apaixona por ele. Só um ignorante pode ignorar o mundo como se ele fosse digno de amor e adoração.

Autoconhecimento transborda em auto-realização. Para o auto-realizado todas as alo-realizações são ilusórias.

81. Quem ficou rico, saiba dominar-se; quem ficou poderoso, saiba renunciar.

Comentário:

Toda a verdadeira riqueza e felicidade consiste em saber restringir-se ao necessário. Toda a grandeza do poder consiste em saber usar o menos possível esse poder.

No mesmo sentido escreveu Goethe: “É na restrição que se revela o Mestre”. E Schweitzer afirma: “Não há heróis da ação, há tão-somente heróis da renúncia e do sofrimento". Einstein repete que a grandeza do homem não está em descobrir fatos, mas em crear valores; os fatos vêm das circunstâncias de fora, os valores vêm da substância de dentro. Lao-tsé não se cansa de insistir na importância daquilo que o homem é no seu Ser, e não no que ele tem no seu fazer.

Assim, a felicidade do rico não está em ter milhões, mas em saber tê-los com disciplina e moderação. A felicidade do poderoso não está na medida do seu poder, mas na limitação voluntária do seu poder, na renúncia àquilo que o poder lhe faculta fazer, mas que a consciência manda limitar o mais possível.

Jesus podia ter morado num palácio de ouro e ter-se banqueteado esplendidamente todos os dias; isso, porém, não teria sido a sua grandeza, mas sim o limite da sua grandeza. Em vez de ostentar riqueza e poder, o Nazareno preferiu não ter onde reclinar a cabeça.

Essa mesma sabedoria de voluntária restrição, aliás, já foi ensinada e praticada pelos antigos estóicos gregos e romanos; também eles sabiam que *ser alguém* pela creação de valores internos é muito mais do que *ter algo* pelo descobrimento de fatos externos. Um profeta do antigo testamento pede a Deus que não lhe dê pobreza nem riqueza, mas tão-somente o necessário.

Ser e *Ter*, quase sempre, estão em relação inversa. Verdade é que, de *per si*, o Ser é compatível com o Ter; mas quase nunca um homem grande no seu Ser está interessado no Ter; limita os seus teres ao mínimo necessário para uma existência dignamente humana. É tão difícil para o sábio ser rico como para um rico é difícil ser sábio.

Nem o ter nem o não-ter é grandeza; a grandeza está no modo como alguém sabe ter ou não-ter, possuir ou não-possuir.

82. Quem está perto de mim está perto da chama; quem está longe de mim está longe do Reino.

Comentário:

Repetidas vezes comparam os livros sacros Deus e o Cristo com o fogo. O Cristo veio para lançar fogo à terra e anseia por que arda. O homem crístico é mergulhado no fogo do Espírito Santo. Deus é um fogo devorador.

Paralelamente à alegoria do fogo corre a da luz. Deus é luz. O Cristo é a luz do mundo. O homem é luz.

Não há nada tão mortífero como o fogo — e não há nada tão vivificante como a luz.

Se Deus ou o Cristo são fogo, eles são destruidores; se eles são luz, são construtores.

E de fato assim é.

Deus é um fogo devorador para o ego ilusório do homem; Deus é uma luz vitalizante para o Eu real do homem. Ninguém pode ver a Deus e continuar a viver no seu ego como antes.

Quando alguém tem a consciência da presença do Cristo, sente-se incendiado pelo fogo e iluminado pela luz. O Cristo o incendeia — o Cristo o lucifica. O homem cristificado é inevitavelmente um homem dinâmico. Nada quer para si — tudo quer para Deus e os homens.

Quem proclamou em si o Reino de Deus anseia por ampliá-lo pelo mundo inteiro. O fogo destrói toda a ilusão — a luz constrói toda a verdade.

83. Disse Jesus: as imagens se manifestam ao homem, e a luz que está oculta nelas — na imagem da luz do Pai — ela revelar-se-á e sua imagem será oculta pela luz.

Comentário:

Este jogo entre a fonte da luz e seu reflexo na imagem vai por todos os livros sacros do Oriente e do Ocidente. Assim como a luz do sol se manifesta num espelho ou numa gota de orvalho, assim se manifesta o Creador em todas as creaturas.

A filosofia oriental diz que *Maya* (a natureza) revela Brahman, e também o vela, do mesmo modo que a teia revela a aranha e também a vela ou encobre. De fato, toda a natureza manifesta Deus, como o efeito manifesta a causa, mas a natureza também encobre Deus, porque um efeito finito nunca pode manifestar adequadamente uma causa Infinita. Certos teólogos tentam provar a existência de Deus pelas obras da natureza, recorrendo à comparação entre o artefato e o artífice, entre o relógio e o relojoeiro. Esse argumento é fundamentalmente falso e ilusório. O artefato ou relógio finito revela somente uma causa finita, como o artífice ou o relojoeiro. Deus, porém, não é uma causa finita. A não ser que se considere Deus como pessoa. A natureza toda, a creação em toda a sua grandeza e amplitude não pode jamais provar a existência de uma causa Infinita. Um Deuspessoa é necessariamente um Deus-finito, um Deus-finito é um pseudo-Deus, e não um Deus-real. Do mundo dos fatos, escreve Einstein, não conduz nenhum caminho para o mundo dos valores; porque estes vêm de outra região.

Do mundo das facticidades finitas não conduz nenhum caminho para o mundo da Realidade Infinita. A natureza é apenas um predisponente preliminar para algo que não vem da natureza. As circunstâncias externas podem predispor o homem e crear ambiente propício para que ele encontre Deus em sua substância interna. Somente pela intuição espiritual da sua própria substância pode o homem ver a Deus, e não pela análise intelectual das circunstâncias externas.

"Quando o discípulo está pronto, então o Mestre aparece" — quando o homem removeu de dentro de si todos os obstáculos, então Deus se revela ao homem. Não é o homem que descobre Deus, é Deus que descobre o homem, quando o homem se torna receptivo para essa revelação.

A luz do Pai se revela na imagem, quando a imagem está pronta para refletir essa luz.

Embora não se possa provar um Deus Infinito pela natureza finita, contudo o místico intuitivo tem plena certeza de Deus, não por tê-lo provado, mas porque Deus se revelou a ele. Quem não tem revelação de Deus não tem certeza de Deus. Da crença há um regresso para a descrença. Mas da experiência de Deus não há regresso para a inexperiência. O homem intuitivo a quem Deus se revelou tem de Deus certeza absoluta e irrevogável. A luz de Deus transcende todas as imagens de Deus.

84. Disse Jesus: quando virdes a vossa semelhança, alegraivos. Mas, quando virdes o vosso modelo, que desde o princípio estava em vós e nunca morrerá, nem jamais se revela plenamente — será que suportareis isso?

Comentário:

Quando o homem enxerga a sua alma como imagem e semelhança de Deus, será grande a sua felicidade. Mas, se ele tiver a intuição direta do próprio protótipo de que sua alma é um reflexo secundário, suportará ele tamanha felicidade? Paulo de Tarso, num momento de arroubo místico, escreveu: "Nem olhos viram, nem ouvidos ouviram, nem jamais penetrou em coração humano o que Deus preparou para aqueles que o amam".

Todas as alegrias e delícias terrestres, todo o amor humano, de esposo e esposa, de pais e filhos, de amigos, não passa de vago reflexo e longínqua reminiscência daquela felicidade que a alma saboreia quando ela se integra totalmente no espírito divino do qual emanou.

85. Disse Jesus: Adão nasceu de um grande poder e de uma grande riqueza. Mas não era digno deles. Se deles fosse digno, não teria morrido.

Comentário:

O primeiro ser humano era uma emanação individual da Divindade universal. Mas era ainda um espírito neutro e amorfo, uma creatura potencialmente creadora, que devia evolver para uma creatura atualmente creadora. Por isso foi o espírito do primeiro homem mandado para se encarnar num invólucro material para que o espírito encontrasse resistência na matéria, e por essa resistência atualizasse a sua potencialidade creadora. O homem, porém, em vez de superar a matéria, foi superado pela matéria.

Contudo, não se deve considerar esse aparente fracasso como urna derrota definitiva, e sim como um meio para uma evolução ainda maior, como uma *felix culpa,* como um *peccatum necessarium,* como canta o hino pascal. Deus permitiu que o espírito fosse derrotado pela matéria, para que nele despertassem plenamente as forças creadoras latentes e o homem se tornasse semelhante a Deus, que o homem se creasse maior do que Deus o havia creado. O homem morreu pelo seu ego triunfante, para que o seu Eu derrotado atingisse o zênite da sua vitória.

É essa a culpa feliz, é esse o pecado necessário do homem.

86. Disse Jesus: as raposas têm as suas cavernas; as aves têm os seus ninhos — mas o Filho do Homem não tem onde repousar a sua cabeça.

Comentário:

Estas conhecidas palavras de Jesus, citadas também por outros evangelistas, não são uma queixa, mas uma apoteose. Jesus não se queixa da sua pobreza, pois ela era totalmente voluntária. Mostra que o homem, quando atinge a culminância da sua consciência cósmica, não está mais interessado em conforto e comodidade material, mas se contenta com o mínimo do conforto, como os seres da natureza extra-humana, que nada sabem de pobreza nem de riqueza. O homem espiritualmente rico não deseja riqueza material; tem o conforto necessário, sem desejar "confortismos" nem "confortite", coisas incompatíveis com a riqueza espiritual.

87. Miserável o corpo que depende de outro corpo, e miserável a alma que depende desses dois.

Comentário:

O corpo do filho depende dos corpos dos pais — e isso é vida perecível; pelos sexos só se engendra uma continuação de corpos mortais, e isso é miséria.

Pelo altruísmo alarga o homem o seu egoísmo próprio para um egoísmo alheio — e isso também é miséria.

Nem pelo egoísmo individual, nem pelo altruísmo social alcança o homem a sua auto-realização, razão de ser da sua existência terrestre.

Muitos pensam e proclamam que o homem se salva e aperfeiçoa pela caridade, entendendo por caridade a filantropia e beneficência material, o enchimento de muitos estômagos vazios e o revestimento de corpos nus. Esse altruísmo lhes parece o contrário do egoísmo, quando na realidade é apenas um alargamento do egoísmo individual em forma de um egoísmo social. Pois que fazem esses benfeitores? Fazem bem a muitos egos, em vez de beneficiar um único ego, como faz o egoísta comum. O altruísmo é um "remendo novo em roupa velha".

O que redime e liberta o homem não é egoísmo nem altruísmo, mas é uma atitude que ultrapassa esses dois.

Quando o homem descobre algo para além do seu ego próprio e para além dos egos alheios, então descobre ele a "verdade libertadora" do seu Eu divino e começa a realizar em si a centelha divina da sua alma, ultrapassando egoísmo e altruísmo.

Verdade é que essa realização da alma pode ser feita através de altruísmo, caridade, filantropia, por serem renúncia ao próprio ego; mas, nesse caso, a beneficência material deixou de ser um fim, passando a ser apenas um meio para o fim supremo e único da auto-realização. Quem vive por amor ao seu ego é um egoísta. Quem vive por amor aos egos alheios é um altruísta. Mas nem este nem aquele tem amor ao seu Eu divino, ao seu Cristo, o seu Deus imanente, única razão de ser da sua encarnação terrestre.

Ninguém pode realizar o Eu do outro. Cada um só pode realizar o seu Eu próprio. Mas, quem realiza o seu Eu próprio e assim se faz bom, faz bem aos outros e lhes facilita o caminho para sua própria auto-realização. Quem atinge a plenitude do ser-bom faz transbordar essa plenitude em benefício dos outros. O único modo de fazer bem aos outros é ser bom em si mesmo.

88. Os arautos e os profetas irão ter convosco e vos darão o que é vosso. Dai-lhes também vós o que é deles.

Comentário:

O homem que atingiu certo grau de introvivência ou cosmovivência vê em tudo arautos e intérpretes da Divindade: nas pedras e nas flores, nas águas e nos peixes, nos insetos e nas aves, nos animais e nos homens. Para ele, nada é morto nem mudo; tudo lhe é vivo e revelador. E esses mensageiros e porta-vozes de Deus despertam no homem conscientemente o que nele está dormindo inconscientemente, porque o recebido é dado ao recipiente de acordo com a sua recipiência. Quem tem 10 graus de recipiência receberá do Infinito 10 graus de experiência; quem tem 50 graus de recipiência receberá 50 graus de experiência. Ninguém pode receber mais explicitamente do que ele tem implicitamente. A atualização é proporcional à potencialidade. E toda potencialidade aumenta progressivamente na razão direta da sua atualização. Tanto mais alguém receberá quanto mais ele está disposto a dar. Não-dar obstrui os canais do poder-receber. A datividade é a medida da receptividade.

Por esse motivo, quanto mais liberalmente o homem dá tanto mais abundantemente ele receberá, não dos outros, mas do Doador Infinito.

O modo mais seguro para empobrecer é querer receber sem dar.

O Doador Infinito é de infinita plenitude — os recebedores finitos são de indefinida vacuidade.

89. Disse Jesus: por que lavais o exterior do recipiente? Não sabeis que o mesmo que creou o interior creou também o exterior?

Comentário:

Estas mesmas palavras de sabedoria se encontram também nos outros Evangelhos.

Quem julga os homens pelos seus atos externos sem lhes conhecer a atitude interna, facilmente se engana. O homem é muito mais aquilo que ele desejaria ser do que aquilo que ele é objetivamente; os seus ideais, mesmo dolorosamente insatisfeitos, são muito mais ele mesmo do que todas as suas realizações históricas.

Nunca poderia Jesus ter amado aquela "pecadora possessa de sete demônios", se ela, que era externamente uma mulher profanada, não fosse internamente uma virgem sagrada. Dificilmente podem os homens enxergar o que alguém é realmente; facilmente podem eles ver o que alguém parece ser aparentemente.

Em face disso, é necessária uma grande tolerância, e mais ainda uma profunda compreensão. Mais necessário é saber calar as fraquezas alheias do que louvar as suas virtudes. Mais necessário é não ver do que ver. Mais importante é saber calar do que falar.

Quem é puro por dentro facilmente tolera os impuros de fora; mas quem é internamente impuro encontra impurezas por toda a parte — mesmo lá onde não existem.

90. Jesus disse: vinde a mim, porque o meu jugo é suave e o meu domínio é agradável — e achareis repouso para vós mesmos.

Comentário:

Este convite do Cristo consta, em forma semelhante, de outros Evangelhos.

Surge a eterna pergunta: como pode um jugo ser suave? Como pode um domínio ser agradável?

Jugo e domínio lembram um dever que o homem tem relativamente a um superior. A expressão "tu deves" lembra sujeição, servidão por parte de um inferior, e lembra também domínio da parte de um superior. Lembra renúncia, que parece o contrário de liberdade.

E como pode alguém ser feliz e achar repouso, enquanto deve algo a alguém e não goza de liberdade própria? Não implica esse fato uma contradição? O dever, o jugo, a servidão não destroem a liberdade do homem? E como pode ser feliz quem não é livre?

De fato, enquanto o *tu deves* não coincidir com o *eu quero*, não há nenhuma solução desse problema.

Mas, como pode o homem *querer livremente* hoje o que ontem lhe era imposto como um *dever compulsório*?

Essa metamorfose mágica do *dever* em *querer* é impossível enquanto o homem continuar a se identificar com o seu ego humano; mas é possível quando ele se desidentifica, quando ele se transmentaliza e entra na nova dimensão da identificação com o seu Eu divino, com o seu Deus imanente.

Somente a transição da ilusória ego-consciência para a verdadeira cosmo-consciência torna possível a transformação do *tu deves compulsório* no *eu quero espontâneo*, no jugo suave e no domínio agradável.

Quer dizer que a chave do enigma está na verdade do autoconhecimento. Enquanto o homem se identifica com o seu ego ilusório, não é possível querer espontaneamente o que ele deve compulsoriamente. Por isso, o Mestre faz preceder essa afirmação pelo convite "vinde a mim". Quem não se encontrou com o seu Cristo interno não pode transformar o dever compulsório num querer espontâneo; esse homem pode, no melhor dos casos, ser um bom escravo, um doloroso cumpridor do seu dever, um carregador virtuoso do jugo amargo e um servidor forçado sob um dominador alheio. E isso não é encontrar repouso dentro de si mesmo.

O que não se faz por um *gozoso querer,* mas apenas por um *doloroso dever* não dá repouso definitivo nem dá garantia de perpetuidade.

Todas as funções da vida humana que a natureza quer ver realizadas infalivelmente são feitas sob o signo do prazer. Se comer, beber, dormir não fossem gostosos, o homem se esqueceria dessas funções básicas do indivíduo. E se as funções sexuais não viessem acompanhadas de prazer, há muito tempo estaria extinto o gênero humano.

Se não houvesse no mundo alguém que fosse jubilosamente bom, não haveria mais religiosidade sobre a face da terra, porque os que são apenas dolorosamente bons, virtuosos, por um *maldito dever* não oferecem garantia de perpetuidade espiritual. Somente um *bendito querer* é que garante espiritualidade permanente.

Esse bendito querer é o fruto do verdadeiro autoconhecimento.

Quem pode responder à eterna pergunta "que sou eu?" com as palavras jubilosas: "Eu e o Pai somos um; o Pai está em mim, e eu estou no Pai; as obras que eu faço não sou eu que as faço, mas é o Pai em mim que as faz" — esse sabe o que é jugo suave e domínio agradável, porque age em virtude de um bendito querer.

Esses acharam repouso para sua alma.

Há homens escravizadamente escravos.

Há homens livremente livres.

E há homens livremente escravos — homens cuja suprema libertação os levou a se tornarem voluntariamente escravos por amor. Preferem sofrer a sua liberdade a gozar a sua liberdade.

Quem puder compreendê-lo, compreenda-o!

91. Disseram-lhe eles: dize-nos quem és tu, para que tenhamos fé em ti. Respondeu-lhes ele: vós examinais o aspecto do céu e da terra e não conheceis aquele que está diante de vós. Não sabeis dar valor ao tempo presente.

Comentário:

Ouvir a verdade, ver alguém, tanger alguém — nada disso dá certeza aos homens, porque são coisas empíricas dos sentidos externos. Nem dá certeza de mostrar analiticamente uma verdade. A única coisa que dá certeza é uma experiência interna, uma conscientização espiritual. Vós sois mestres em interpretar os fenômenos físicos da natureza, mas sois analfabetos no conhecimento daquele que está diante de vós.

Evidentemente, faltava aos contemporâneos de Jesus aquele faro espiritual pelo qual o homem identifica intuitivamente algo ou alguém que os sentidos não conhecem nem o intelecto pode analisar.

Desenvolver essa atitude interna é decisivo.

92. Disse Jesus: procurai, e achareis. O que me perguntastes nesses dias, eu não vô-lo disse; agora vô-lo digo — e não me perguntais.

Comentário:

Hoje em dia, milhares de pessoas em todos os países do globo fazem a sua meditação. Poucos, porém, sabem meditar realmente.

Uns repetem mantras sem fim; outros visam ao despertamento de poderes ocultos; outros ainda tratam de psicologia e parapsicologia.

Entretanto, nada disto é verdadeira meditação. Quem medita não pensa nem quer nada — ele simplesmente abre sua alma em face da alma do Universo, para ser por ele invadido e cosmificado.

Essa cosmoplenificação, porém, não lhe acontecerá enquanto ele não se esvaziar totalmente da sua ilusória egoplenitude. A alma do Universo, que é Deus, não plenifica o que está cheio, só plenifica o que está vazio.

Nesse sentido, disse Jesus: "Quem não renunciar a tudo que tem não pode ser meu discípulo".

O ter algo é do ego humano, o *ser alguém* é do Eu divino. O ser crístico não pode invadir o ter egóico. O egocídio tem de preceder o nascimento do Cristo.

Quem não morrer espontaneamente antes de ser morto compulsoriamente não pode viver jubilosamente.

Para essa invasão Cristo-cósmica há certos momentos propícios que a alma deve adivinhar ou farejar por uma estesia intuitiva; esses momentos propícios não podem ser ensinados por um Mestre externo nem por um livro. Há momentos imprevisíveis em que o Cristo interno fala sem ser perguntado; e há momentos em que não responde a nenhuma das nossas perguntas. É necessário manter uma disponibilidade receptiva, a despeito de tudo e de todos. As leis cósmicas não obedecem a causa e efeito — atuam em virtude da graça e da verdade.

93. Não deis as coisas puras aos cães, para que não as arrastem ao lodo. Nem lanceis as pérolas aos porcos, para que não as conspurquem.

Comentário:

É esta a constante advertência de todos os Mestres espirituais. As grandes verdades não devem ser reveladas indistintamente; o Mestre espiritual deve saber dosar a cada pessoa e a cada grupo o que pode ser por ele assimilado.

Muito só se pode dizer a poucos. Pouco se pode dizer a muitos. Muito nunca se pode dizer a muitos.

Felizmente, hoje em dia está aumentando o número dos famintos e sedentos da verdade; os iniciáveis e os iniciandos são cada vez mais numerosos. Por essa razão, pôde o Mestre espiritual alargar pouco a pouco o círculo hermético dos seus discípulos. Os cães e os porcos dos zombadores profanos, dos arrogantes desprezadores das coisas sacras estão diminuindo consideravelmente. Hoje, quando se fala em Deus e no Cristo, logo aparecem ouvintes atentos, ansiosos por ouvir mais. Hoje, mais do que nunca, há falta de verdadeiros iniciados no espírito para que os iniciandos encontrem dias seguros no caminho da jornada ascensional.

94. Quem procura achará; a quem bate abrir-se-lhe-á.

Comentário:

Outros evangelistas acrescentam: "Quem pede, receberá".

Muitos estranham que o homem deva pedir, procurar, bater, a fim de receber de Deus as coisas necessárias. Será que Deus não sabe de que o homem necessita?

Entretanto, convém lembrar que o Universo só funciona na base do Uno e do verso, do Creador e da creatura, do doador e do receptor. Essa bipolaridade complementar caracteriza todos os setores do Universo.

O Uno do Infinito é dativo — o Verso dos finitos é receptivo.

Quando o Verso é inconsciente, recebe automaticamente do Uno — é o que acontece em toda a natureza infra-hominal: os minerais, os vegetais, os animais recebem automaticamente do Uno as coisas de que necessitam.

Mas, quando o verso é consciente, como o homem, o Uno só lhe dá algo na medida da sua receptividade. Essa receptividade, porém, é variável, elástica, proporcional. O homem consciente pode alargar ou estreitar a medida da sua recipiência.

A insistência no pedir, procurar, bater, é um convite para que o homem alargue a sua capacidade receptiva, a sua abertura rumo ao Doador. O Uno do Creador só pode dar algo ao Verso da creatura consciente e livre na medida em que esta for receptiva.

O Universo é um *kósmos,* isto é, um sistema de ordem e harmonia; cada creatura deve agir de acordo com a sua natureza. Quem pode, deve; quem não pode, não deve. O homem pode alargar a sua capacidade receptiva; logo deve. Se o homem recebesse algo sem pedir, procurar, bater, seria ele reduzido ao plano dos seres infra-hominais, que nada disso fazem, porque não o podem, e recebem tudo.

Toda essa insistência que os Mestres fazem em qualquer forma de orar ou pedir não tem a finalidade de lembrar a Deus das nossas necessidades; mas visa unicamente a estabelecer em nós as condições humanas para que a causa divina possa agir de acordo com a nossa natureza consciente.

95. Quando tendes dinheiro, não o empresteis contra juros, mas dai-o a quem não vô-lo possa restituir.

Comentário:

Com estas palavras condena Jesus a inextirpável mania do ego, que nunca se satisfaz em dar sem receber outro tanto; e quanto mais recebe tanto mais quer receber.

Com essa ganância de receber confessa o ego a sua essencial indigência, pobreza e insegurança.

Quem necessita é um necessitado.

Quem se cerca de seguros de vida prova que sua vida não tem segurança.

O ego só conhece um ganhar para si, que é um perder para os outros. Só conhece bens de segunda mão.

O Eu, porém, conhece um ganhar que não supõe um perder: o Eu descobriu um bem de primeira mão, descobriu a matemática cósmica que ensina a receber os bens materiais da Fonte primária, e não de canais secundários. O Eu divino não precisa tirar algo de outras creaturas finitas e dar a si mesmo; mas recebe diretamente do Creador infinito.

Todas as creaturas são indigentes — e é feio que um indigente tire de outro indigente.

Perguntam os profanos como é que o homem espiritual realiza essa matemática de receber bens materiais sem os tirar de outros homens; será que Deus lhos dá? Será que desce sobre eles uma chuva de 100 ou 500 reais? Será que vem um corvo e lhes traz pão como ao profeta Elias no deserto? Ou vêm os anjos e lhe dão de comer, como a Jesus após a tentação?

Não há necessidade dessas intervenções extraordinárias para garantir ao homem espiritual os meios necessários para a sua vida. As leis ordinárias da natureza funcionam com tamanha perfeição que elas se encarregam automaticamente de cuidar do homem espiritual. Há mil modos naturais para providenciar o sustento material do homem. Basta que o homem realize em si o Reino de Deus — e deixe o resto à justeza ou harmonia das leis cósmicas, que funcionam com absoluta matematicidade. Também os homens servem de executores das leis de Deus, sem que eles mesmos o percebam.

É experiência geral que o homem plenamente espiritual, somente interessado em adorar a Deus e servir aos homens, nunca tem falta das coisas necessárias para uma vida simples e dignamente humana. Basta abrir os canais por meio de uma remoção de todo e qualquer egoísmo, oculto ou manifesto, e as leis cósmicas se encarregam de sustentar a vida material do homem espiritual.

Essa harmonia cósmica não precisa de ser creada, mas pode ser sabida e vivida por qualquer homem sincero.

96. O Reino do Pai é semelhante a uma mulher que tomou um pouco de fermento, misturou-o com a massa e fez dela grandes pães. Quem tem ouvidos para ouvir, ouça.

Comentário:

Esta brevíssima parábola faz ver o que acontece na grande massa humana quando um único homem faz crescer em si o fermento vivo do Reino de Deus. O que decide não é a quantidade, e sim a qualidade. Uma parcela mínima de fermento vivo leveda aos poucos qualquer quantidade de massa. É que o fermento consiste em pequeninos seres vivos, os fungos, que, quando encontram ambiente propício, funcionam e se multiplicam com espantosa rapidez, invadindo, permeando, vitalizando qualquer quantidade de massa de farinha. E da massa assim levedada vem o pão fofo e saboroso.

Basta um Buda, um Cristo, um Francisco de Assis, um Gandhi, um Schweitzer, para iniciar a fermentação espiritual de milhões de outros homens. Um único homem realmente espiritual vale mais para a regeneração da humanidade do que legiões de teólogos, filósofos, sociólogos e políticos profanos. Um único homem espiritual é como o sinal "1" colocado diante de uma enorme fila de zeros: 10.000.000.000. Todas essas nulidades são desnulificadas e valorizadas pelo único valor real do homem espiritual.

97. Disse Jesus: o Reino é semelhante a uma mulher que levava por um longo caminho uma vasilha cheia de farinha. Pelo caminho, uma alça da vasilha quebrou e a farinha se espalhou atrás dela sem que ela o percebesse; e por isso não se afligiu. Chegada em casa, ela colocou a vasilha no chão — e achou-a vazia.

Comentário:

Esta parábola não se encontra em nenhum outro Evangelho. Palavras como estas desafiam a nossa inteligência como uma verdadeira charada.

Essa mulher saiu de uma reunião espiritual em que, pela primeira vez, ouviu grandes verdades. Encheu-se de entusiasmo. Voltando para casa, encontrou-se com muita gente, no longo caminho. Como neófita entusiasta foi contando a todo mundo as novidades que ouvira. E, de tanto falar e derramar para fora o que ouvira, se esquece de aprofundar em si mesma as verdades. Não sabia trabalhar rumo à vertical; derramou tudo pela horizontal.

E, chegada em casa, verificou que estava vazia. Falou muito — e não viveu nada.

Antes de semear em campo alheio, convém semear em campo próprio e vigiar a semeadura até que ela deite raízes profundas na alma. O melhor modo de converter os outros é converter-se a si mesmo. O resto virá por espontâneo transbordamento da própria plenitude.

98. Disse Jesus: o Reino do Pai é semelhante a um homem que quis matar um poderoso. Em sua casa desembainhou a espada e a enterrou na parede para certificar-se de que a sua mão era assaz forte. Depois foi matar o poderoso.

Comentário:

O "poderoso" é o nome que Jesus dá a Satanás, o adversário, o ego dentro do homem. O "mais poderoso" é o Cristo.

Esse homem que quis matar o poderoso é o Eu divino, o Cristo interno no homem. Antes de sair a campo contra o poderoso, o mais poderoso faz exercícios de força para ter a certeza de poder superar o adversário. Os exercícios são feitos em sua própria casa, onde ele experimenta e intensifica as suas forças, até ter a certeza de poder derrotar o poderoso. Depois desses exercícios de meditação em casa, o homem sai a campo, lá fora em plena vida social e consegue superar o seu ego humano pelo Eu divino.

99. Seus discípulos lhe disseram: teus irmãos e tua mãe estão lá fora. Respondeu-lhes ele: os que, nesses lugares, fazem a vontade de meu Pai são meus irmãos e minha mãe, e são eles que entrarão no Reino de meu Pai.

Comentário:

Em todos os Evangelhos e entre os iniciados de todos os tempos e países é proclamada essa preferência da afinidade espiritual sobre o parentesco carnal. Mais lhes interessa a família que eles fizeram pela alma do que a família que os fez pelos corpos.

Quem descobriu a sua família espiritual perde o estreito apego aos bens materiais, que são o sustentáculo da família carnal, e põe seus haveres a serviço da família maior da humanidade. A posse legal se alarga para um usufruto espiritual. Hoje em dia, a renúncia não é mais o simples abandono dos bens materiais, mas sim o alargamento da sua função a serviço da família maior da humanidade. Pode o homem continuar a ser o proprietário dos seus bens, legalmente registrados e carimbados no cartório, mas a sua consciência vai além do cartório e ultrapassa os estreitos limites da legalidade humana, expandindo-se na largueza do usufruto desses bens sob os auspícios da sua consciência espiritual. O homem crístico, de exclusivista que era, se torna inclusivista, incluindo no usufruto da sua propriedade o maior número possível de seres humanos.

100. Mostraram a Jesus um pedaço de ouro e disseram: os agentes de César exigem de nós o pagamento do imposto. Respondeu ele: dai a César o que é de César, e dai a Deus o que é de Deus — e dai a mim o que é meu.

Comentário:

A última frase é exclusiva do Evangelho de Tomé. Sendo o Cristo o Eu espiritual do homem, segue-se que devemos dar à nossa alma o que à alma compete. Isso todavia não impede que demos a César, ao ego humano, o que lhe pertence. O homem espiritual, que se interessa por seu Cristo interno, não deixa de se interessar por seu ego externo, ele é um homem onilateral, e não um homem unilateral, nem espiritualista nem materialista. Toda a vida terrestre de Jesus prova este espírito universalista, tanto assim que, com toda a sua espiritualidade, nunca desprezou as coisas materiais e sociais. Nem desdenhava o mundo mental e emocional. Tinha um amor especial por seu discípulo João e sua ardente discípula Maria de Magdala. Derramou lágrimas de amizade sobre o túmulo de Lázaro. Chorou lágrimas de patriotismo ao prever a próxima destruição da capital de seu país.

O homem cristificado é um homem integral: dá ao mundo o que é do mundo, dá a Deus o que é de Deus e dá à sua alma o que é de sua alma.

101. Quem não abandona seu pai e sua mãe, como eu, não pode ser meu discípulo. E quem não amar a seu Pai e a sua Mãe, como eu, esse não pode ser meu discípulo; porque minha mãe me gerou, mas minha Mãe verdadeira me deu a vida.

Comentário:

Continua nestas palavras o mesmo paralelo iniciado em textos anteriores. O verdadeiro discípulo do Cristo deve ter mais amor ao seu Eu divino do que a qualquer ego humano. O nosso ego nos foi dado por nossos pais, ao passo que o nosso Eu é uma emanação da Divindade.

No Ocidente costumamos chamar a Deus "Pai", ao passo que os orientais o consideram "Mãe". Tomé, que, segundo a tradição, viveu na Índia, usa a linguagem oriental, vendo em Deus também sua Mãe. De fato, tratando-se da Divindade Universal, não é absurdo falar em Deus-Pai e Deus-Mãe, uma vez que no Universo tudo é bipolar, masculino-feminino. A Divindade é nosso princípio vital gerador, que em si sintetiza tanto o doador paterno como o receptor materno. A igreja cristã ortodoxa considera o Espírito Santo como *Hágia Sophia* (Santa Sabedoria), como um princípio vital feminino.

Falando com acribia filosófica, a Divindade não é síntese, mas é a grande Tese, anterior a qualquer antítese e síntese; o Uno Absoluto da Tese Imanifesta, que se manifesta sem cessar no Verso Relativo de antíteses e sínteses, que, no mundo orgânico, são os pais gerando o filho. A filosofia univérsica apresenta o Universo como a eterna Tese do Uno que se revela nas antíteses e sínteses temporárias do Verso, realizando o Universo.

Quem nunca teve experiência mística da sua alma, e só conhece o seu corpo, dificilmente compreenderá essa insistência de Jesus no supremo amor das almas, que nasceram de Deus e são filhas da Divindade.

102. Disse Jesus: ai dos fariseus! Eles se parecem com um cão deitado no cocho dos bois, que não come nem deixa os bois comerem.

Comentário:

Fariseu não é só certa classe de judeus. Fariseu quer dizer "separatista", e todo ego humano é separatista; julga-se separado de Deus e vive na ilusão do seu egocentrismo.

Todo egoísta é como um cão que se deita sobre o alimento dos bois, que não é alimento para ele, e ao mesmo tempo impede que os animais comam a comida deles. O egoísta faz mal a si mesmo e faz mal aos outros.

A fim de ultrapassar essa zona do ego não basta ser altruísta e virtuoso, que podem ser formas de um egoísmo sublimado, "remendo novo em roupa velha". É necessário ultrapassar toda a zona da egoidade, viciosa e virtuosa, e "nascer de novo pelo espírito", fazer-se "nova creatura em Cristo". A egoidade consiste essencialmente no mental do homem; enquanto o homem não se transmentalizar, nada está resolvido; mas a transmentalização é a transegoficação, ou seja, a desintegração do ego e sua integração no Eu superior. O ego, porém, se defende de todos os modos contra esse egocídio, uma vez que nada sabe do Eu e tem de defender tenazmente o único tesouro que possui ou julga possuir. Somente uma invasão cósmica de fora do ego pode levá-lo a uma transegoficação ou transmentalização redentora. Esse impacto cósmico, a "graça", levaria o ego a uma integração cósmica, à cosmificação ou auto-realização.

Mas como pode a graça atuar sobre um ego cristalizado na sua impenetrável egoidade?

O que é humanamente impossível é cosmicamente possível. Mesmo na aparente ausência de qualquer preparativo preliminar, de qualquer disposição consciente do homem, acontece o advento da graça. Judas Iscariotes estava, externamente, no melhor dos ambientes

— e a graça não lhe aconteceu. Paulo de Tarso parecia estar no pior dos ambientes — e a graça lhe aconteceu.

Existe, evidentemente, uma lógica totalmente diferente de toda a logicidade humana.

103. Disse Jesus: feliz do homem que sabe por onde penetram os ladrões! Assim pode erguer-se, reunir forças e estar alerta e pronto antes que eles venham.

Comentário:

Saber, estar em pé, estar alerta, estar armado — tudo isto se refere ao autoconhecimento do homem. O homem profano não sabe, não está em pé, não está alerta, não está armado contra a invasão dos ladrões em plena noite.

A fortaleza humana tem cinco portas externas, os sentidos, mais três janelas internas, intelecto, imaginação, memória. Cada uma dessas aberturas para o mundo do ego externo pode servir de ponto de invasão. Quem não põe sentinelas vigilantes em cada um desses pontos vulneráveis não está seguro contra uma invasão de ladrões.

Vigiai e orai! É a advertência constante dos Mestres.

Inevitável é a tentação. Até Jesus foi conduzido ao deserto pelo espírito a fim de ser tentado. Não há nada de mal na tentação. O mal está em sucumbir à tentação.

Por isso oramos: não nos deixes cair (quando estivermos) em tentação. A encarnação do nosso espírito num corpo material é necessária para evolução do nosso Eu divino. Mas, como a nossa alma é dotada de creatividade ou livre-arbítrio, compete-lhe aproveitar-se dessa resistência para superar os obstáculos e não deixar-se superar por eles. A vida terrestre não é uma punição, mas um teste e um desafio para evolvermos e nos auto-realizar.

104. Disseram-lhe: vinde, vamos hoje orar e jejuar.
Respondeu Jesus: que falta cometi eu, em que ponto sucumbi? Mas, quando o esposo sair do seu tálamo nupcial, então oraremos e jejuaremos.

Comentário:

Por entre as linhas destas palavras adivinha o clarividente a grande e quase ignota verdade do sofrimento crédito. Evidentemente os que fazem o convite para oração e jejum só conhecem sofrimento débito. Pela oração e pelo jejum querem eles pagar o *karma* dos seus pecados. E convidam o "homem sem pecado" a se associar a essa expiação.

Jesus, porém, lhes faz ver que ele não necessita de pagar débitos. E, apesar disso, sabemos que ele orava muito e jejuou 40 dias e noites consecutivos. Por quê?

Evidentemente, não para pagar débitos, nem próprios nem alheios, tanto assim que a Epístola aos Hebreus afirma explicitamente que Jesus sofreu como nós, embora fosse sem pecados. As nossas teologias inventaram que Jesus sofreu para pagar os débitos dos nossos pecados, quer dizer que sofreu para pagar débitos alheios. Ele mesmo, porém, nada sabe de um sofrimento punitivo; só conhece sofrimento evolutivo. Aos discípulos de Emaús diz Jesus que ele devia sofrer tudo aquilo "para entrar em sua glória", isto é, para seu aperfeiçoamento, para sua realização crística.

No texto presente, afirma ele o mesmo: Ele vai orar e jejuar quando vier o Esposo, quando ele tiver anseios de maior cristificação e entrar numa glória ainda maior do que aquela em que já estava.

A idéia da evolvibilidade e evolução de Jesus sob os auspícios do Cristo vai através de todos os livros sacros, embora seja quase totalmente desconhecida nas teologias eclesiásticas. A vida eterna não é uma meta final, mas sim uma jornada em perpétua evolução. Aliás, nenhum finito pode coincidir com o Infinito; por mais que dele se aproxime, está sempre a uma distância infinita. A vida eterna é antes *um dinâmico devir* do que um *estático ser*.

105. Disse Jesus: quem conhece seu pai e sua mãe, por ventura será chamado filho de prostituta?

Comentário:

Quem se conhece apenas como um ego humano, gerado legalmente por um homem e uma mulher humanos, é chamado filho legítimo, embora não conheça talvez a sua verdadeira filiação ou emanação divina. Filho legítimo é somente o homem que nasceu pelo espírito. "O que nasce da carne é carne." O nascimento carnal é pseudonascimento, um nascimento ilegítimo. Os que recebem em si o Cristo, escreve João no seu Evangelho, recebem o poder de se tornarem filhos de Deus, os que não nasceram do desejo do varão nem do desejo da carne, nem (da fusão) de sangues, mas de Deus. Estes Cristo-concebidos e Cristo-gênitos é que são os filhos legítimos de Deus.

Nossos pais só puderam revestir de roupagem corpórea o nosso espírito, mas não são os autores da nossa alma, que é emanação de Deus.

Aqui, volta o Evangelho segundo Tomé a falar de Deus como Pai e Mãe. Somente o homem que se considera como filho do Deus Pai-Mãe é que é um filho realmente legítimo e herdeiro do Reino de Deus. Mas quem se identifica com o seu ego humano, que recebeu de seus pais materiais, esse não é filho legítimo perante Deus.

106. Disse Jesus: se de dois fizerdes um, então vos fareis Filho do Homem. E então, se disserdes a este monte "retira-te daqui" — ele se retirará.

Comentário:

Com estas palavras celebra Jesus a onipotência da fé.

Mas essa fé onipotente depende do fato de o homem unificar a sua dualidade.

No princípio, o homem se sente como uma dualidade: corpo e alma. Enquanto não houver perfeita unidade e harmonia entre o elemento humano e o elemento divino da natureza humana, não haverá poder espiritual.

Fé, ou *fides,* quer dizer fidelidade, harmonia, sintonia. Quando o ego humano se integra totalmente no Eu divino, então aparece o "Filho do Homem", que, por cnquanto, só se manifestou plenamente em Jesus, o Cristo.

E então será o homem, assim cristificado, senhor de todas as forças da natureza.

Toda a nossa impotência vem da nossa falta de unidade. A nossa dualidade heterogênea é o motivo da nossa fraqueza. Pela fé nos fidelizamos ou harmonizamos com as forças cósmicas do Infinito — e então toda a nossa impotência culminará em onipotência.

107. Disse Jesus: o Reino é semelhante a um pastor que tinha cem ovelhas. Uma delas se extraviou, e era a maior delas. Deixou as 99 e foi em busca daquela única até achá-la. E, depois de achá-la, lhe disse: eu te amo mais do que as 99.

Comentário:

Nesta parábola continua o pensamento central do texto anterior, que é também a quintessência de outras parábolas, como a do filho pródigo e a da dracma perdida e achada.

Deus ama mais um ser conscientemente realizado do que um ser apenas realizável. A creatura creada é obra do Deus Creador, mas a creatura creadora é obra do Deus Creador e do homem creativo. Os cinco ou os dois talentos que a creatura recebeu do Creador se transformaram nos dez e nos quatro talentos da creatura creadora.

Aqui, como alhures, temos outra vez a apoteose da *evolução creadora,* como diria Bergson. E, para que possa haver evolução creadora, deve haver a possibilidade do contrário: a creatura deve ter a possibilidade de uma *involução* para ter o poder da *evolução.* Deus tanto ama a creatura creadora que até permite a possibilidade de uma creatura descreadora. Tamanha é a grandeza de um homem realizado que Deus até permite o contrário, um homem temporariamente desrealizado.

Nesse sentido, escrevem os outros evangelistas: no Céu há maior alegria sobre um único pecador que se converte do que sobre 99 justos que não necessitam de conversão.

Para não haver *estagnação acósmica,* mas *evolução cósmica,* Deus até permite *involução anticósmica,* porque Deus é pura atividade, que não permite passividade.

Se o homem, podendo ser antiDeus, se torna pró-Deus, então é ele objeto do mais intenso amor de Deus. O homem perfeito é o homem conscientemente bom, o que implica a possibilidade de poder ser também conscientemente mau.

Por isso, um homem auto-realizado é um fenômeno incomparavelmente mais grandioso do que todo o Universo com os seus sóis, suas estrelas e suas estupendas galáxias.

O homem auto-realizado é o objeto de um maior amor divino.

Aqui reaparece o sentido do misterioso hino pascal sobre *a feliz culpa,* sobre *o peccatum necessarium* – esse absurdo teológico e essa sublimidade mística.

108. Disse Jesus: quem beber da minha boca se tornar-se-á como eu. E eu serei o que ele é. E as coisas ocultas lhe serão reveladas.

Comentário:

Palavras como estas visam unicamente aos iniciados.

Que quer dizer "beber da boca de Jesus"? Não é sorver as palavras do Mestre e assimilar o espírito do Cristo?

E, se o discípulo se cristificar totalmente, não será o Mestre como o discípulo, e o discípulo como o Mestre? E não poderá o discípulo dizer: as obras que eu faço é o Mestre que as faz em mim?

Quem entra na consciência cósmica sente-se totalmente Uno com Deus, Uno com os homens, Uno com todas as creaturas do Universo. A ilusão das diversidades vem da ego-consciência; a verdade da unidade é da cosmo-consciência.

Quando a cosmo-consciência, ou Cristo-consciência, desperta no homem, o homem se integra no Todo da Divindade, sem diluir a sua individualidade humana. O verdadeiro nirvana não é uma diluição ou dissolução do homem em Deus, mas uma perfeita integração individual na Divindade Universal; é uma eternização do homem no Eterno.

A consciência Cristo-cósmica é uma invasão da alma do Universo na alma do homem, o que só acontece quando o homem se torna cosmo-invadível, realizando em si uma perfeita ego-vacuidade em face da cosmo-plenitude. Segundo leis infalíveis, onde há uma vacuidade acontece uma plenitude. Nesse sentido, diz Jesus "de mim mesmo eu nada posso fazer; quem faz as obras é o Pai que em mim está".

E então todas as coisas ocultas anteriormente serão manifestas ao homem. O homem Cristo-cosmificado se torna onisciente e onipotente por participação.

Entretanto, nada disto é dizível, nem mesmo pensável. A verdade suprema habita no eterno silêncio do "terceiro céu", onde Paulo de Tarso ouviu os "ditos indizíveis".

109. Disse Jesus: o Reino se parece com um homem que possuía um campo no qual estava oculto um tesouro de que ele nada sabia. Ao morrer, deixou o campo a seu filho, que também não sabia de nada; tomou posse e vendeu o campo — mas o comprador descobriu o tesouro ao arar o campo.

Comentário:

Tesouros espirituais não são transmissíveis de pai para filho. O tesouro espiritual só pode ser descoberto quando se ara devidamente o campo, atingindo as profundezas ocultas do ser humano.

No presente estágio da evolução humana, só é transmissível de pai para filho a faculdade mental, mas não a experiência espiritual. A experiência espiritual é uma conquista da consciência individual de cada um, e não um patrimônio racial. Homem espiritual não gera filhos espirituais. Por vezes até acontece o contrário: que um santo tenha filhos celerados.

A faculdade mental já é um patrimônio humano tão antigo que ela é transmitida automaticamente de pai para filho, não o grau da intelectualidade, mas a simples faculdade intelectual. Esse fato indica que a intelectualização do homem já vem de eras remotíssimas, ao ponto de serem os gens e cromossomos afetados por essa faculdade. A espiritualidade, porém, é uma conquista tão recente e ainda tão limitada a poucas pessoas que não afetou os elementos genéticos. Não sabemos se numa humanidade futura pais espirituais terão filhos espirituais. Isso só aconteceria se a humanidade total fosse altamente espiritualizada.

Por enquanto, cada indivíduo tem de "arar" o seu próprio campo humano para descobrir o tesouro oculto, que existia também nos antigos possuidores do campo, mas não foi descoberto e devidamente conscientizado por eles.

110. Disse Jesus: quem achou o mundo e se enriqueceu, renuncie ao mundo.

Comentário:

É este o princípio básico de todos os Mestres espirituais: possuir para não possuir. Lao-tsé, no seu *Tao*, não se cansa de repetir que todo o segredo da auto-realização está em agir pelo não-agir, ou seja, possuir pelo não-possuir.

Não se pode renunciar sem antes ter possuído. Ninguém pode despossuir-se de algo que não possua. Quem não se apega a nada pode renunciar.

Certos filósofos orientais acham que todos os bens materiais da vida são *Maya,* ilusão, e por isso não os querem possuir. Mas quem não dá valor a um objeto não o pode sacrificar. E assim o homem se priva da possibilidade da evolução pelo despossuimento.

O ocidental, geralmente, considera as coisas materiais como reais e por isto as ama e se apega firmemente a elas. Falta-lhe, porém, o último passo: desapegar-se daquilo a que se apegou. Isso é sacrifício, quer dizer *sacrum facere,* fazer coisa sagrada.

Por isso, quem possui o mundo e o ama deu o primeiro passo; e quem se despossui do mundo dá o último passo, que é libertação, auto-realização.

Nesse sentido, escreveu Albert Schweitzer: "O cristianismo é uma afirmação do mundo que passou pela negação do mundo". E ainda: "Não há heróis da ação, há tão-somente heróis da renúncia e do sofrimento".

Ninguém pode possuir algo sem perigo se não estiver disposto a despossuir-se daquilo que possui; só assim pode possuir sem ser possuído.

Quem se enriqueceu com a posse do mundo se enriquece mais ainda com o voluntário despossuimento dele.

111. Disse Jesus: o céu e a terra se desenrolarão diante de vós, e quem vive do Vivente não verá a morte. Quem se acha a si mesmo, dele não é digno o mundo.

Comentário:

Quando o homem descobre o seu íntimo ser, sua alma, seu *Atman*, seu Eu, então todas as coisas do céu e da terra, visíveis e invisíveis, lhe servem e se lhe tornam claras e manifestas. Esse homem intuitivo não necessita de analisar sucessivamente as partes, porque a visão do todo se lhe revela simultaneamente, assim como a visão do composto dispensa a penosa enumeração dos componentes.

Esse homem não pode morrer, porque, para ele, morrer não é separar-se de um invólucro material para viver em outro ambiente. Ser é vida. Só se ele se suicidasse metafisicamente por culpa própria, então estaria realmente morto. Mas nenhum fator externo e alheio pode matar a vida do homem. O homem que vive da vida, e não apenas dos vivos, esse não pode morrer realmente.

Mas esse modo de viver sem morrer depende do fato de ele se achar a si mesmo, o seu Ser. Quem não se achou ainda está sujeito ao nascer, viver e morrer. Quem se achou não nasce nem morre, mas vive. Esse viver sem nascer e sem morrer é a vida eterna, a vivência pelo espírito.

Todos os homens são imortalizáveis, que é presente de berço, mas quantos se imortalizam, que é conquista da consciência?

112. Disse Jesus: deplorável a carne que depende da alma! Deplorável a alma que depende da carne!

Comentário:

Ai do homem que se prende à alma a ponto de a escravizar com os seus desejos humanos! Esse homem não permite à alma voar às alturas, assim como um pássaro ou uma borboleta de asas molhadas não consegue voar.

Ai da alma que se prende à carne a ponto de só conhecer e desejar coisas carnais!

Responderão que isso é impossível, porque a alma é Deus no homem, e Deus não pode ser aprisionado nem onerado pela matéria.

É freqüente esse equívoco, mesmo entre certos Mestres espirituais.

Alguns deles até evitam a expressão "auto-realização", porque Deus não pode ser realizado, e preferem a palavra "auto-revelação".

A alma é Deus, sim, mas não um Deus atualizado; a alma é apenas um Deus atualizável ou potencial. A alma humana é, por assim dizer, um Deus embrionário, que pelo livre-arbítrio do homem deve tornar-se plenamente realizado. Toda semente é potencialmente uma planta, mas não o é atualmente. Se a alma fosse simplesmente Deus em toda a sua plenitude, não poderia extinguir-se jamais. Entretanto, todos os Mestres espirituais, do Oriente e do Ocidente, admitem que a alma é imortalizável, mas também mortalizável; pode tanto evolver para o Infinito positivo como também involver para o Infinito negativo. Se a alma fosse simplesmente Deus, seria desnecessária a auto-realização, bastaria uma auto-revelação ou automanifestação.

Enquanto a alma se prende à carne, ela não se realiza plenamente; só a sua voluntária libertação do mundo material é auto-realização.

113. Os discípulos perguntaram-lhe: em que dia vem o Reino? Jesus respondeu: não vem pelo fato de alguém esperar por ele; nem se pode dizer, ei-lo aqui! ei-lo acolá! O Reino está presente no mundo inteiro, mas os homens não o enxergam.

Comentário:

Se um cego perguntasse "onde está o sol?", só lhe poderíamos responder: o sol está por toda a parte, no céu e na terra, onipresente. O sol está objetivamente a ti; mas tu estás subjetivamente ausente do sol, por causa da tua cegueira.

O Reino está presente no homem, mas o Reino nasce no homem quando ele conscientiza a sua presença pela experiência. Um Deus onipresente não está ausente de ninguém; mas o homem pode julgar-se ausente de Deus por sua inexperiência. Quando o homem desperta em si a presença de Deus pela experiência mística, então tem ele a impressão de que um Deus ausente se tornou um Deus presente.

A consciência da paternidade única de Deus transborda espontaneamente na vivência da fraternidade universal dos homens. Essa eclosão místico-ética é um fenômeno subjetivo, mas não uma mudança objetiva.

E esse despertamento acontece a todo homem que remove dentro de si os obstáculos que impedem o advento do Reino. Para ter luz solar numa sala, é necessário e suficiente abrir uma janela rumo ao sol, e a luz solar, quc estava sempre presente, entrará na sala nesse momento. Segundo leis eternas, Deus acontece a todo o homem que abre o caminho por onde Deus possa entrar, pela remoção de obstáculos que obstam a entrada de Deus.

114. Simão Pedro disse: seja Maria afastada de nós, porque as mulheres não são dignas da vida.

Respondeu Jesus: eis que eu a atrairei, para que ela se torne homem, de modo que também ela venha a ser um espírito vivente, semelhante a vós homens. Porque toda a mulher que se fizer homem entrará no Reino dos céus.

Comentário:

Se Pedro propôs que a mulher fosse afastada dos homens, revelou espírito mesquinho, não aprovado pelo Mestre, que nunca resvelou antifeminismo, tanto assim que diversas mulheres, no Evangelho, aparecem como devotadas discípulas de Jesus, sobretudo Maria de Bethânia e Maria de Magdala (talvez idênticas); no Calvário, diversas discípulas dele assistem à morte do Mestre, mas um só dos seus discípulos.

Se a mulher e o homem ultrapassarem as suas funções biológicas e conscientizarem a sua realidade superior de seres humanos, ambos serão iguais.

Segundo o Gênese, o primeiro *ánthropos* (Adão) era macho-fêmea potencial, que, após o sono cósmico dos *Elohim,* se bifurcou em homem e mulher atuais como é hoje. Mas, se o ser humano atingir a plenitude da sua evolução, a atual procreação animal culminará em creação hominal, e o atual “filho de mulher” passará a ser “filho do homem”, como Jesus; o amor creador substituirá a libido procreadora; o produto desses amores humanos será um corpo perfeito, sem enfermidades nem morte compulsória, como no caso de Jesus, o “Filho do Homem”.

E então haverá um novo céu e uma nova terra, e o Reino de Deus será proclamado sobre a face da terra.

Com essa gloriosa visão de uma futura humanidade crística termina Didymos Thomas o seu Evangelho sobre Jesus, o Vivo.

Textos Complementares

TEXTO COMPLEMENTAR 1

O Evangelho da Verdade*

MARTIN SEYMOUR-SMITH**

Trata-se de um evangelho não-canônico, que, conseqüentemente, não aparece no Novo Testamento. É conhecido por sua introdução: *O Evangelho da Verdade é alegria*. É também conhecido como *Especulação Valentiniana e Evangelium Veritatis*. O nome latino foi provavelmente criado pelo zeloso heresiólogo ou caçador de heresiarcas, o bispo cristão Irineu. O *evangelho* aqui significa apenas *boas novas*. Este livro, ao contrário dos evangelhos canônicos, não se propõe a relatar toda a vida de Cristo.

Já foi sugerido, não sem razão, que *o Evangelho da Verdade* teria sido escrito pelo próprio Valentino, embora isso não possa ser provado. Não é um dado de muita importância, pois se trata de um trabalho cristão do tipo gnóstico-valentiniano. A versão que temos é cóptica. A palavra *cóptica* vem do árabe *kibt* e significa *egípcio*. O cóptico era, portanto, a antiga língua egípcia falada pelos egípcios, que, por sua vez, eram chamados de *copts*. A língua cóptica só foi suplantada pelo árabe no século X da Era Cristã. A versão cóptica foi escrita em caracteres intimamente relacionados com o alfabeto grego. Entretanto, a língua da sua (perdida) com-posição original era mesmo o grego. O documento data, mais ou menos, do meio do primeiro século.

Poucos leitores devem ter ouvido falar do *Evangelho da Verdade*. Foi descoberto por dois irmãos assassinos, filhos de um homem assassinado um pouco antes do Natal de 1945. Só foi

---

* Na tradução de Huberto Rohden, o título escolhido foi *O Quinto Evangelho – A mensagem do Cristo segundo Tomé*.

** Fonte: *Os 100 livros que mais influenciaram a humanidade*, Diefel, Rio de Janeiro, 2002.

publicado alguns anos depois. Portanto, faz sentido perguntar por que ele foi incluído entre os cem livros mais influentes da Humanidade. Quem foi Valentino (ou um dos seus seguidores), que escreveu um texto tão importante?

Na verdade, esse é apenas um dos muitos livros competentemente escritos e contendo um material precioso. Talvez centenas — ou até milhares deles — tenham sido destruídos por zelosos cristãos ortodoxos com a intenção de negá-los à Humanidade. De qualquer modo, o tipo de pensamento gnóstico que o *Evangelho da Verdade* contém persistiu, sobreviveu ao cristianismo e ainda sobrevive. Estando tão próximo de tantas noções *proibidas,* até mesmo a da anarquia, a linha de pensamentos e sentimentos gnósticos jamais prosperou oficialmente. A palavra anarquia é usada aqui no seu sentido mais amplo, o da idéia de que os seres humanos poderiam viver muito melhor sem coisas como: 1) a bandeira, que para Tolstói não passava de um "farrapo sujo preso num pedaço de pau"; 2) a mídia; 3) governos centralizados dominados por psicopatas bem-educados que fingem *ser do povo e para o povo;* 4) guerras de grande escala; 5) leis criadas para serem quebradas pelos *iniciados,* palavra usada por Lord Milner, um dos arquitetos da Guerra dos Bôers; e 6) alguns homens tão ricos, que perderam de vista a razão pela qual o dinheiro foi inventado.

Não sabemos como funcionou o gnosticismo quando, por um limitado período de tempo, foi uma religião oficial, assim como o maniqueísmo. A religião rival, o zoroastrismo (ver *O Avesta*), não foi perseguida. Foi, aliás, um maligno sacerdote zoroastrista, Kirder, o responsável pela prisão, tortura e morte de Mani. Como Kirder pertencia a uma facção herética do zoroastrismo, ou seja, o zurvanismo, ele também deveria ter sido morto pelos cristãos ortodoxos. Mas não: ficaram muito gratos a ele — antes de se livrarem dele — pelo belo exemplo de zelo homicida e caridade; tão gratos quanto ficaram a outras heresias como o zoroastrismo, o judaísmo e o neoplatonismo, de cujas idéias tanto se aproveitaram. Esses cavalheiros jamais concordaram com Mani, que, de mente aberta, de forma piedosa e realista escrevera estas palavras: "Os países e as línguas para os quais eles [os antecessores de Mani] foram enviados diferem uns dos outros. Não se parecem uns com os outros".

Valentino, fundador de uma seita cristã herética, os valentinianos, nasceu no Egito. Suas idéias são mais reminiscentes das de São João, cujo gnosticismo foi modificado. Falamos do São João do *Evangelho* e tradicionalmente das *Revelações*. Apesar disso, seus discípulos alegam que seu professor foi Theodas, um aluno de São Paulo. Ele esteve em Roma entre 136 e 165, ao mesmo tempo que Márcion, e tinha esperanças de ser eleito bispo. Mas passaram por cima dele e o removeram, provavelmente para Chipre, onde morreu por volta de 175.

Valentino estava entre os gnóstico-cristãos mais influentes. Se soubéssemos um pouco mais sobre ele, também saberíamos mais sobre os conflitos entre cristãos ocorridos no século II para concluir qual a forma que o credo oficialmente deveria ter. O que sabemos dele em textos recentemente descobertos são informações dos seus inimigos, os caçadores de heresiarcas ou heresiólogos. São poucos os escritores que acreditam que os Doutores da Igreja, tais como Irineu e outros heresiólogos e apologistas do que se tornou a cristandade ortodoxa, conspiraram abertamente para expelir da religião (primeiramente apenas para judeus e posteriormente também para os gentios) todos os elementos de mistério. Parece que foi isso o que realmente aconteceu, embora pareça simplista demais acreditar que os ortodoxos soubessem que o que faziam estava errado. O que era importante para eles e seus lacaios era poderem preparar um inferno secular na terra em nome do maior herege de todos, o gnóstico originador de todo o problema: Jesus Cristo. Se devemos acreditar no gnóstico *Apocalipse de Pedro* (e, segundo Lucas, há razões para se acreditar), Jesus teria protestado: “Eles se agarrarão ao nome de um homem morto, acreditando que se tornarão puros, mas hão de se macular muito. Essas pessoas são canais secos”.

É quase certo que os Doutores da Igreja selecionaram arbitrariamente entre o material disponível o suficiente para estabelecer um cânone artificial. Nele, nenhuma menção dos primeiros anos de Cristo entre os gnósticos deveria ser feita. A própria Igreja logo transformou a mensagem de Cristo num meio de opressão. Com isso, não estamos negando o fato de que alguns dos seus membros foram responsáveis por boas ações em nosso mundo. Nem que a Igreja não tenha proporcionado muitas vidas individuais heróicas, algumas das quais sendo reduzidas ao silêncio e ao esquecimento por cruéis burocratas. Um dos ensinamentos do gnosticismo moderno é que os projetos acabam se tornando seus opostos. A própria Inquisição, de 1232, foi especialmente promovida pelo imperador Frederico III para caçar gnósticos, particularmente os sucessores de Mani, os catares que serviam como exemplo e viviam na França. As autoridades seculares e papais discutiram muito sobre como conduzir a Inquisição, pois, afinal de contas, é muito bom estar do lado *certo*. Já em 1252, o "canal seco", o Papa Inocêncio III (dentro do espírito do seu Salvador, como se percebe), por meio de sua bula *Ad Extirpanda*, legalizou a tortura. Como se pode ver, a cristandade transformou-se no seu oposto. Para mais detalhes desse processo, leiam *All and Everything*, de *Gurdjieff*.

O resultado de tudo isso é que um dos documentos-chave e mais lúcidos acabou por provar quanto foi influente desde os tempos de Cristo; um dos documentos que tanto ofenderam a Igreja, a ponto de ela usar a tortura e execuções para livrar-se dele — mas foi, ainda assim, de uma forma destemida tão persistente —, destinado, para dizer o mínimo, a ser agora, e tem sido desde o tempo de Cristo, não só importante, mas também influente.

Na noite de 7 de maio de 1945, um vigia noturno de equipamentos de irrigação, nos campos de uma área do Norte do Egito chamada Jabal al-Tarif, matou um saqueador. Sem dúvida, essa ação fazia parte do seu dever. Mas, no meio da manhã do dia seguinte, ele, o vigia, também foi morto, com uma delicadeza menos vagarosa do que aquela que teria sido empregada por um verdugo da Inquisição. Ter-se-ia tratado de uma vingança. Dou todos esses detalhes porque já perguntei em outra parte: "O que poderia ser mais apropriado — na sua mistura de casualidade, fraude, mentira, assassinato e curiosidade objetiva e acadêmica — à verdadeira natureza do gnosticismo e do seu estranho espírito do que esse clímax, resultado de algumas centenas de anos de pesquisa?"

Esse clímax foi a descoberta dos textos de Nag Hammadi, que incluem *o Evangelho da Verdade*, num íngreme penhasco cheio de cavernas usadas como túmulos há alguns milênios.

Em dezembro de 1945, o filho do vigia assassinado, Muhammad Ali al-Samman, cavava com seu irmão Kalifah, naquela área, em busca de nitrato. Como outros camponeses da região, eles estavam acostumados a fazer isso para depois levar o fertilizante no lombo de camelos para os campos de cultivo perto de sua casa em Al-Qasr, no local da antiga Chenobósquia. Enquanto cavavam, encontraram um jarro selado com betume. Se isso houvesse ocorrido trinta anos depois, os irmãos apareceriam, por dinheiro, na televisão, mas certamente não retornariam ao lugar onde acharam a urna, a não ser, é claro, que fossem subornados e usassem disfarces.

A solidão das cavernas da área era excepcionalmente adequada à meditação e ao enterro dos mortos. Para meditação deve ter sido usada por São Pacômio (290-346), que viveu ali perto e fundou uma série de comunidades monásticas que se tornaram de grande importância para determinadas igrejas, entre elas a cóptica. Jeremias, 32, cita o Deus dos Judeus, proclamando que os livros, para serem preservados, deveriam ser "colocados dentro de jarros de barro". O Capítulo 36, entretanto, informa que a destruição pelo fogo é o destino apropriado de toda literatura indesejada. Portanto, aqueles que colocaram os documentos encontrados em Nag Hammadi num jarro queriam que eles fossem preservados. Não podemos dizer com certeza qual comunidade os escondeu ou o porquê desse ato. Uma vez que a posse de tais livros se tornara um ato criminoso, é possível e até provável que algum monge — entre 350 e 400 d.C., quando a cópia foi feita — tenha-os escondido dos soldados pilhadores da Igreja Triunfante.

Ali e seu irmão temiam abrir o jarro, pois ele podia conter algum *jinn* (fantasma), e, na verdade, continha, mas não do tipo que os atemorizava, ou seja, uma entidade maléfica. Mas a possibilidade de o jarro conter ouro, e não algum espírito, acabou por convencê-los, e eles o quebraram com suas picaretas. Em vez de dinheiro, uma nuvem de fragmentos de papiros saiu do jarro e ficou esvoaçando pelo ar. Mais no fundo do jarro estavam os livros, que eles apanharam, embrulharam em suas túnicas e levaram para casa — na verdade, galpão. Por algum tempo, parte dos papéis foi queimada no forno da mãe. Outras partes foram vendidas por alguns níqueis. Se fosse por Ali, eles teriam permanecido na urna, pois já estavam se tornando um problema para ele.

No princípio de 1946, alguém informou a Ali que o provável assassino do seu pai estava dormindo junto à estrada perto da sua casa. Ele correu para casa, a fim de informar todos seus seis irmãos, que — Ali com a mesma picareta com que quebrara o jarro — mataram Ahmad (que era inocente) e o cortaram em pedaços. Em seguida, a família arrancou o coração de Ahmad e o levou para casa, onde foi devidamente comido como parte do ritual de vingança.

O pai de Ahmad era um homem influente, um policial muito odiado em outra parte do Egito, que ordenou buscas diárias na casa de Ali à procura de armas. Rapidamente, Ali se livrou de qualquer coisa que, pensou ele, pudesse incriminá-lo.

Depois disso, a história — que envolve professores europeus disfarçados de contrabandistas, vigaristas com tapa-olhos, mercadores sombrios e todas as variedades de ganância acadêmica — nunca foi totalmente revelada. Quando for — e se for — transformar-se-á num *best sellers*. Tampouco reforçará a alegação de cristãos ortodoxos de que Deus não permite que se cometa o mal em seu nome. No final, o que sobrou do precioso objeto foi reunido e publicado entre 1972 e 1984. O professor James T. Robinson, que organizou a edição (em um só volume) de 1978, contendo *O Evangelho da Verdade*, escreveu: "Com a publicação... o trabalho apenas começou, pois ele marca um novo começo no estudo do gnosticismo".

No princípio, os estudiosos quiseram entender o que é que tanto preocupava os heresiólogos. Então, no entreguerras, Hans Jonas apresentou, em *The Gnostic Religion,* uma interpretação: "pela primeira vez aparece um caminho que faz sentido na tentativa de se explicar a existência". O eminente teólogo Rudolph Bultmann reinterpretou a construção do *Novo Testamento* à luz do conflito entre gnosticismo e ortodoxia nos primeiros séculos da nossa era, quando a cristandade não passava de um conglomerado de várias seitas — gnósticas e outras. Robinson concluiu, dizendo: "Chegou o tempo de concentrarmos nossos esforços, uma vez que todo o Nag Hammadi está disponível em inglês, para reescrever a história do gnosticismo".

O pensamento de Valentino, o ápice do que Hans Jonas chamou de tipo sírio-egípcio de especulação gnóstica, é, de início, extremamente complexo. Ao contrário de Márcion, mas como o judeu Philo, Valentino não rejeitava a alegoria. De modo que, quando o seu uso de símbolos e alegorias foi entendido, seu sistema se encaixou perfeitamente como uma das mais profundas e bem-intencionadas especulações sobre os mistérios da nossa existência humana. Afinal de contas, essa especulação foi suficientemente sólida, a ponto de ser responsável (em parte) pela formação de uma oposição menos profunda: a cristandade ortodoxa que funcionou muito bem como um meio de opressão por catorze séculos de história criminosa. Tentativas de discutir os detalhes da *Especulação Valentiniana* estão, como o próprio Jonas escreveu, deslocadas em todos os textos, exceto naqueles poucos trabalhos altamente especializados. Não fosse pela supressão desse sistema (não há registro de que Valentino, essencialmente um reformador, houvesse advogado a repreensível e covarde destruição de trabalhos alheios) pelos ortodoxos, Valentino seria considerado um nobre precursor do não-cristão Plotino.

A apresentação de Valentino do drama cósmico envolve a intervenção de dois mundos: o platônico, das *idéias* ou *formas*, e o material. Ao primeiro mundo, ele deu o nome de *Pleroma* e ao segundo de *Kenoma*. A existência teria surgido através de um erro interno *na* (mas não *da*) própria divindade. ("O esquecimento não se tornou existente *próximo* do Pai, mas *por causa* do Pai.") Isso não é idêntico, mas pode ser proveitosamente comparado com a profundidade sugerida na Cabala.

O Deus de Aristóteles foi o Primeiro Movimentador num Universo não-criado e infinito. O filósofo grego foi obrigado a apelar a tal entidade para poder explicar o movimento, mas jamais demonstrou muita emoção ou curiosidade sobre a Criação. O Supremo Deus de Valentino é, em si, não-criado, eterno e inefável. Platão havia escrito, e Valentino leu e usou: "Deus é a imagem em movimento da eternidade". Mas o erro que, segundo Valentino, conduziu à eventual Criação significa que *Pleroma* terá de ser restaurada e é interessante comparar *Pleroma* com o cabalístico *tikkun*. A salvação só pode ser alcançada por meio do conhecimento de Deus — e isso é *gnosis*. Quando esse conhecimento especial for total ou parcialmente atingido, compreende-se que Jesus, *Cristo*, foi produzido — mesmo antes da criação da matéria — com a intenção de prover a salvação. Ele já teria iluminado os *eons* (seres superiores) por meio da *gnosis* — a melhor tradução seria *discernimento* ou *intuição* —, cuja essência era, paradoxalmente, a *verdadeira incogniscibilidade do ser supremo*. (É preciso notar que no pensamento homérico a tentativa de equiparar-se a um deus era chamada de *hubris*. *Hubris* e *incogniscibilidade* de certa forma conectam.) Está escrito no *Evangelho da Verdade*: "Uma vez que o Esquecimento [o mundo inferior original] não conhecia o Pai; portanto, se ele tem conhecimento do Pai, torna-se no mesmo instante não-existentc". É, portanto, o Evangelho *Dele* o que eles procuram e onde Jesus se revela ao Perfeito.

De qualquer forma, segundo a especulação de Valentino, o Jesus que veio à Terra e morreu não era real. Isso fez dos valentinianos *culpados* de *heresia docética*; uma heresia intolerável para os homens determinados a impor a ortodoxia literal e cegos aos poderes do símbolo e da metáfora. Todos os outros tipos de pensamento deviam ser *suprimidos*, a qualquer custo, o mais rapidamente possível e com o poder das armas, o que de fato aconteceu. A emocionalmente mesquinha versão do mito de Cristo, *bem atestada*, desses homens tinha de prevalecer. Para a salvação do mundo, diziam eles.

É importante notar que, como resultado de uma complicada mitologização, o verdadeiro sofrimento na *Especulação Valentiniana* não é o de Cristo, mas o de Sofia (Sabedoria), que é um sofrimento *feminino*. Foi a própria Sabedoria que decaiu. É para tal fato que verdadeiros *feministas* — homens e mulheres — deveriam atentar. Mas isso envolveria um exame de todo o complexo do mito valentiniano.

Os monges amedrontados que esconderam as palavras do *Evangelho da Verdade* naquele jarro numa noite qualquer do quinto século da nossa era seriam realmente malignos e heréticos? A essência do *Evangelho*, quando se decifrou a sua mensagem (como tentei fazê-lo nessa adaptação), está declarada nos pergaminhos da seguinte maneira:

Ajudem a despertar aqueles mortos para a realidade que querem despertar; alimentem aqueles famintos pelo conhecimento da verdade, pois vocês (os que foram despertados pela *gnosis*) *são os inteligentes. Não retornem às velhas partes tagarelas de vocês. Não voltem ao velho vômito de vocês. Vocês destruíram o mal que havia em vocês — não caiam nele novamente. Façam a vontade de Deus, pois vocês vêm Dele.*

TEXTO COMPLEMENTAR 2

Dados biográficos do apóstolo Tomé*

Referências históricas

Nome e referências bíblicas

Este nome provém da transliteração grega de uma palavra aramaica que significa "gêmeo". Em João, o grego *Didymos* é usado para indicar a mesma coisa. Ver João 11:16; 20:24; 21:2. O Novo Testamento não identifica sua irmã ou irmão gêmeo. A tradição afirma que ele tinha uma irmã gêmea chamada Lídia. Existe também uma tradição que (nesciamente) o faz irmão gêmeo de Jesus. Tal tradição é preservada no livro apócrifo de *Atos de Tomé*. Em alguns manuscritos siríacos, ele é chamado *Judas Tomé,* em distinção a Judas Iscariotes. As referências bíblicas sobre ele são as seguintes: Mat. 10:3; Mar. 3:18; Luc. 6:15; João 11:16; 14:5; 20:24, 26, 27, 28, 29; 21:2; Atos 1:13.

Informação neotestamentária

As tradições situam o nascimento de Tomé em Antioquia, mas sua origem é a Galiléia, de onde também vieram os demais discípulos originais (João 21:2). Os Evangelhos sinóticos nos relatam seu chamado por Jesus, o Cristo (Mat. 10:3; Mar. 3:18; Luc. 6:15). O restante da informação que temos dele provém do Evangelho de

---

* Fonte: *Enciclopédia de Bíblia, Teologia e Filosofia*, Russel Norman Champlin, Ph.D., Editora Hagnos, São Paulo, 2001. (N. do E.)

João. Ele era muito ansioso, cético, porém não falto de coragem. Temeroso do que pudesse acontecer a Jesus se seguisse a tencionada viagem a Betânia (Lázaro acabara de falecer ali), Tomé animou os outros discípulos a ir com ele para lá, a fim de que todos pudessem morrer com ele, obviamente via execução por parte das autoridades judaicas. Ver João 11:16. A passagem imortal de João 14 o representa como quem não sabia aonde Jesus estava indo, evidentemente desconhecendo a que ele se referia (a viagem da morte), e assim perguntando de que forma os discípulos saberiam como segui-lo (João 14:5).

Essa mudança verbal provocou as palavras de Jesus, tão amiúde repetidas ao longo dos séculos: "Eu sou o caminho, a verdade e a vida; ninguém vem ao Pai senão por mim" (João 14:6). Filipe, ansioso por ver o Pai, foi informado de que aquele que vê o Filho, por esse mesmo fato também está vendo o Pai.

Logo depois da ressurreição de Jesus, os discípulos se mantiveram juntos, porém Tomé não estava presente. Quando foi informado por eles que "haviam visto o Senhor", seu ceticismo tomou uma vez mais as rédeas, levando-o a afirmar que não creria, a não ser que visse, com seus próprios olhos, a Jesus redivivo e examinasse pessoalmente as feridas que ele sofrera na cruz. Ver João 20:25. Oito dias depois, todos os discípulos estavam novamente juntos. Eles temiam ser apanhados e mortos pelos judeus; por isso se mantinham escondidos, mantendo trancadas as portas do local onde se achavam. De repente, Jesus apareceu-lhes, não fazendo caso de portas e fechaduras, mas simplesmente surgindo. Depois de saudar a todos com a "paz", dirigiu-se francamente ao cético e o convidou a tocar-lhe as feridas. O cético foi exortado a exercer plena fé e a abandonar seu ridículo ceticismo. Atônito e temeroso, Tomé não estendeu seu dedo a examinar as feridas, mas simplesmente pronunciou as palavras imortais que continuam ecoando até hoje: "Respondeu-lhe Tomé: Senhor meu e Deus meu!" Jesus, pois, nos outorgou uma das mais excelentes jóias da história evangélica: "Bem-aventurados os que não viram e creram". Ver João 20:28, 29.

Eis os elementos da maior história já contada, e no entanto muito dessa espantosa história foi deixado em silêncio, porque: "Jesus, na verdade, operou na presença de seus discípulos muitos outros sinais que não estão escritos neste livro. Estes, porém, foram escritos para que creiais que Jesus é o Cristo, o Filho de Deus, e para que, crendo, tenhais vida em seu nome" (João 20:30, 31).

Tradições posteriores

As tradições tipicamente buscam preencher as lacunas e glorificar os objetos de sua descrição, daí com freqüência serem de pouco valor. Orígenes (citado por Eusébio, historiador eclesiástico, *Hist.* 111.1) nos conta que, depois da ressurreição, Tomé trabalhou na Pártia. A Pártia era um distrito que ficava a sudeste do mar Cáspio, que fizera parte do império persa, conquistado por Alexandre, o Grande, da Macedônia. O livro apócrifo, *Atos de Tomé,* o caracteriza como missionário na Índia, onde supostamente sofreu o martírio. Clemente de Alexandria *(Stromateis,* livro 4) afirma, contudo, que ele sofreu morte natural. Os cristãos atuais da Índia traçam a descendência espiritual de Tomé, e alguns até mesmo reivindicam ser seus descendentes físicos. Isso adiciona certa dose de mitologia a uma história que provavelmente foi mitológica desde o início.

Obras atribuídas a São Tomé

Apocalipse de Tomé

Esta obra era conhecida desde a Antiguidade apenas por seu título, mencionada e condenada no *Decretum Gelasianum,* mas posteriormente foi encontrada em dois manuscritos, provavelmente escritos originalmente em grego, dos quais foram feitas cópias latinas. Um desses manuscritos é bem extenso, enquanto o outro é breve e essencialmente baseado na segunda parte do primeiro. A descoberta só aconteceu em 1908, e julga-se que se trate de um texto datado do quinto século d.C.

Conteúdo

1. A primeira parte trata dos sinais que, supõe-se, precedem o juízo, seguindo o padrão de Daniel e de outras literaturas apocalípticas. Referências históricas nesta parte nos dão a provável data de sua composição.

2. A segunda parte fornece *sete* sinais do fim dos tempos que se concretizam em *sete dias,* um aspecto único da literatura apocalíptica. Esses dias, provavelmente, devem ser entendidos como *sete*

anos, e, nesse caso, simplesmente repousam nos livros canônicos, Dan. 8:14; 9:27; 12:1 e Apo. 11:2, 3 e 13:5. A segunda parte contém muitos reflexos do Apocalipse canônico do Novo Testamento.

O manuscrito mais breve corresponde, abruptamente, à segunda seção da primeira, descrita anteriormente.

Atos de Tomé

Este livro é formado por 13 *atos* supostamente de Tomé. A obra solicita que creiamos que Jesus pessoalmente comprou o homem da escravidão egípcia, naturalmente com propósitos evangelísticos. A obra inclui um relato de seu martírio. Ela é *apócrifa* (ou seja, não canônica), porém uma "obra oculta", misteriosa e cheia de segredos e acontecimentos que se deram longe dos olhos humanos, até ser revelada pelo herói do livro. É também *pseudepígrafa*, ou seja, atribuída a um autor que realmente não a escreveu, daí exibir um *falso nome* de seu autor. Essa obra é a última de cinco composições apócrifas maiores. Existem manuscritos dela em grego e siríaco, e os estudiosos debatem qual deles veio primeiro, sem chegar a um resultado positivo. Debate-se também se a obra é de caráter gnóstico; aludindo, como tudo faz crer, ao mito de um redentor gnóstico, porém algumas das idéias são partilhadas também por escritores ortodoxos, tornando-se difícil determinar precisamente qual sistema, se porventura existe algum em particular, inspirou o livro. Historicamente, em qualquer caso, ela se tornou popular nos círculos gnósticos.

O apóstolo Tomé é o poder por trás dos atos e milagres deste livro, tendo recebido como designação a evangelização da Índia. Tomé se mostrou relutante a desincumbir-se da tarefa, por isso Jesus se viu forçado a vendê-lo como escravo do rei Gundaforo (uma figura real do primeiro século d.C.). Um dos "atos" mais interessantes deste livro é aquele realizado por Tomé quando o rei lhe pediu que construísse um palácio com certa quantia de dinheiro que lhe passaria às mãos. Em vez de erguer o castelo, Tomé deu o dinheiro aos pobres e necessitados. O rei ficou muito furioso; mas, convenientemente, seu irmão morreu de repente e então voltou à vida. Em contrapartida, viu o magnificente palácio do rei que fora ali construído em virtude das boas obras do rei, *através de Tomé*, o qual contribuíra de forma caridosa, por isso construiu uma *mansão espiritual*. Seguiram-se outras maravilhas. O homem curou espiritualmente um assassino, então prontamente ressuscitou dos mortos sua vítima. Realizou um exorcismo espetacular numa mulher atormentada. Efetuou várias curas significativas. Então apagou miraculosamente um incêndio. Curou uma mulher chamada Migdonia, esposa de um parente próximo do rei, chamado Charísio. Sua esposa então decidiu não o querer mais, por isso ele matou Tomé. Mas a Igreja cristã prosseguiu.

Alguns aspectos proeminentes, além dos milagres fantásticos, são a atitude ascética que o livro promove; a ênfase sobre os sacramentos; alguns hinos e sermões muito belos. Os dois hinos especiais são o Hino Nupcial e o Hino da Pérola. O livro, naturalmente, é a fonte da alegação de que foi Tomé quem evangelizou a Índia, alegação na qual os cristãos ali, até hoje, baseiam sua herança espiritual. Seus ossos presumivelmente se acham preservados em Edessa. O livro apresenta vários modelos da Igreja oriental, provavelmente um ramo primitivo dela, mas até onde recua é difícil dizer. Permanece em dúvida também se realmente Tomé fundou a Igreja na Índia, visto ser dificil dizer quanto do livro é histórico e quanto é invenção.

Evangelho de Tomé

Há quatro obras que poderiam ser assim chamadas. São todas *apócrifas,* ou seja, livros secretos, ocultos, duvidosos, os quais não se encaixam no status canônico. São *pseudepígrafos,* pois não foram escritos pela pessoa a quem são atribuídos, ou seja, têm falsos autores ou falsos nomes vinculados a eles. Todas essas obras são atribuídas a Tomé, o apóstolo do Senhor. Poderiam ser chamados "evangelhos", visto que presumivelmente falam de acontecimentos que ocorreram quando Tomé se associou a Jesus em seu ministério terreno.

Pistis Sophia

Expressão grega para *Fé-Sabedoria,* significando talvez "a fé que provém de ser espiritualmente sábio", é uma obra gnóstica que representa Filipe, Tomé e Mateus como os principais discípulos de Jesus, em lugar de Pedro, Tiago e João dos Evangelhos canônicos. A biblioteca de Nag Hamade também contém um Evangelho de Filipe.

O Livro de Tomé, o Atleta

Também da coleção de Nag Hamade, é igualmente uma obra gnóstica. Contém presumivelmente os ensinos secretos de Jesus entregues a *Judas Tomé* e compilados por Mateus. O termo *Atleta* deve ser tomado em sentido espiritual. Esse discípulo foi um grande atleta espiritual que realizou grandes festas.

Evangelho da Infância

É outra obra gnóstica totalmente docética em sua natureza. Isso vem da palavra grega "parecer", e na aplicação teológica significa que Jesus apenas *parecia* um ser humano, mas era, na verdade, um ser divino (como um anjo sublime), apresentando-se como se fosse homem, porém desempenhando realmente sua obra como uma pessoa sobre-humana.

Alguns exemplos dos alegados prodígios de Jesus, feitos quando criança: Jesus era uma criança prodígio de gigantescas dimensões espirituais. Em várias ocasiões, realizou milagres destrutivos, mas em seguida aplicava a cura. O pai de Jesus, um carpinteiro bastante inapto, quando suas tábuas não tinham um tamanho certo, ele as aumentava ou diminuía para torná-las úteis a todo e qualquer propósito que tinha em vista. Jesus foi tirar água, porém não tinha cântaro, por isso usou uma cavidade em seu manto a fim de levar água para casa. Ele quebrou o sábado fazendo naquele dia imagens de pássaros de barro. Para proporcionar evidência, ele fazia os pássaros voltarem à vida, os quais voavam com graciosa rapidez. Ele não tinha necessidade de sabedoria e aprendizado humanos, visto já possuir a sabedoria divina.

Os originais dessas obras provavelmente estavam em grego, porém se tornaram tão populares que foram vertidos para o latim, siríaco e georgiano.

O Evangelho Cóptico de Tomé

Esta obra também fazia parte da biblioteca gnóstica de Nag Hamade. É essencialmente uma coleção de *logoi* (ditos) de Jesus, mais do que uma biografia com eventos históricos. A expressão "disse Jesus" introduz os ditos. Estão incluídas muitas parábolas que não fazem parte dos Evangelhos canônicos. A obra recebe eco dos Evangelhos sinóticos (Mateus, Marcos e Lucas), porém nada que nos lembre do Evangelho de João. Houve um intercâmbio de materiais das obras gnósticas. Os ditos do papiro da *Logia Oxyrhynchus* estão todos incluídos no Evangelho de Tomé. Aparecem em grego, traduzidos para o cóptico, e isso pode sugerir um original grego do Evangelho, porém permanece em aberto o problema se o Evangelho teve um original grego ou cóptico. Embora pareça que este Evangelho contenha simplesmente histórias e ditos extraídos dos Evangelhos sinóticos e reescritos, com muita freqüência não são tão estreitos para que o de Tomé dependa diretamente dos Evangelhos canônicos. Talvez alguma outra fonte, ora desconhecida e mais recente, tenha servido para esta obra, a qual tem reflexos dos Evangelhos canônicos. As citações de Clemente de Alexandria extraídas do *Evangelho dos Hebreus* e do *Evangelho dos Egípcios* são paralelas a alguns ditos de Tomé, e há outras semelhantes ao Diatessaron de Tácio e o pseudo-Clementinas. Sendo isso procedente, o máximo que podemos dizer é que não houve nenhuma matéria extracanônica sobre Jesus para a inclusão de outros pretensos ditos seus, de modo que obras diferentes sejam melhoradas e incorporadas. Achar, porém, uma fonte, ou uma fonte principal para o Evangelho de Tomé, parece ser uma tarefa desesperançada. Poderia haver, naturalmente, alguns materiais históricos genuínos, não canônicos, para incluir os ditos de Jesus, mas como cavá-los da massa que envolve tantas conjecturas dúbias? O Evangelho de Tomé é um tipo de príncipe dos evangelhos não canônicos, e por isso tem sido chamado "o quinto evangelho", uma avaliação exagerada da obra, porque não podemos estar certos de sua autenticidade em algum grau apreciável. E, se ele não é autêntico, dificilmente merece tal título.

Essa obra evidentemente data do segundo século d.C. e sobrevive a vários manuscritos gregos e cópticos.

Dados biográficos do tradutor Huberto Rohden

Nasceu em Tubarão, Santa Catarina, Brasil. Fez estudos no Rio Grande do Sul. Formou-se em Ciências, Filosofia e Teologia em Universidades da Europa — Innsbruck (Áustria), Valkenburg (Holanda) e Nápoles (Itália).

De regresso ao Brasil, trabalhou como professor, conferencista e escritor. Publicou mais de 65 obras sobre ciência, filosofia e religião, entre as quais várias foram traduzidas em outras línguas, inclusive o esperanto; algumas existem em Braille, para institutos de cegos.

Rohden não está filiado a nenhuma igreja, seita ou partido político. Fundou e dirigiu o movimento mundial Alvorada, com sede em São Paulo.

De 1945 a 1946 teve uma bolsa de estudos para pesquisas científicas, na Universidade de Princeton, New Jersey (Estados Unidos), onde conviveu com Albert Einstein e lançou os alicerces para o movimento de âmbito mundial da Filosofia Univérsica, tomando por base do pensamento e da vida humana a constituição do próprio Universo, evidenciando a afinidade entre matemática, metafísica e mística.

Em 1946, Huberto Rohden foi convidado pela American University, de Washington, D.C., para reger as cátedras de Filosofia Universal e de Religiões Comparadas, cargo este que exerceu durante cinco anos.

Durante a Segunda Guerra Mundial foi convidado pelo Bureau of Inter-American Affairs, de Washington, para fazer parte do corpo de tradutores das notícias de guerra, do inglês para o português. Ainda na American University, de Washington, fundou o Brazilian Center, centro cultural brasileiro, com o fim de manter intercâmbio cultural entre o Brasil e os Estados Unidos.

Na capital dos Estados Unidos, Rohden freqüentou, durante três anos, o Golden Lotus Temple, onde foi iniciado em *Kriya Yoga* por Swami Premananda, diretor hindu desse *ashram*.

Ao fim de sua permanência nos Estados Unidos, Huberto Rohden foi convidado para fazer parte do corpo docente da nova International Christian University (ICU) de Metaka, Japão, a fim de reger as cátedras de Filosofia Universal e Religiões Comparadas; mas, por causa da guerra na Coréia, a universidade japonesa não foi inaugurada, e Rohden regressou ao Brasil. Em São Paulo foi nomeado professor de Filosofia na Universidade Mackenzie, cargo do qual não tomou posse.

Em 1952, fundou em São Paulo a Instituição Cultural e Beneficente Alvorada, onde mantinha cursos permanentes em São Paulo, Rio de Janeiro e Goiânia, sobre Filosofia Univérsica e Filosofia do Evangelho, e dirigia Casas de Retiro Espiritual (*ashrams*) em diversos estados do Brasil.

Em 1969, Huberto Rohden empreendeu viagens de estudo e experiência espiritual pela Palestina, Egito, Índia e Nepal, realizando diversas conferências com grupos de iogues na Índia.

Em 1976, Rohden foi chamado a Portugal para fazer conferências sobre autoconhecimento e auto-realização. Em Lisboa fundou um setor do Centro de Auto-Realização Alvorada.

Nos últimos anos, Rohden residia na capital de São Paulo, onde permanecia alguns dias da semana escrevendo e reescrevendo seus livros, nos textos definitivos. Costumava passar três dias da semana no *ashram*, em contato com a natureza, plantando árvores, flores ou trabalhando no seu apiário-modelo.

Quando estava na capital, Rohden freqüentava periodicamente a editora responsável pela publicação de seus livros, dando-lhe orientação cultural e inspiração.

Fundamentalmente, toda a obra educacional e filosófica de Rohden divide-se em grandes segmentos: 1) a sede central da Instituição (Centro de Auto-Realização), em São Paulo, que tem a finalidade de ministrar cursos e horas de meditação; 2) o *ashram*, situado a setenta quilômetros da capital, onde são realizados, periodicamente, os Retiros Espirituais, de três dias completos; 3) a Editora Martin Claret, de São Paulo, que difunde, por intermédio de livros, a Filosofia Univérsica; 4) um grupo de dedicados e fiéis amigos, alunos e discípulos, que trabalham na consolidação e continuação da sua obra educacional.

À zero hora do dia 8 de outubro de 1981, após longa internação em uma clínica naturista de São Paulo, aos 87 anos, o professor Huberto Rohden partiu deste mundo e do convívio de seus amigos e discípulos. Suas últimas palavras em estado consciente foram: "Eu vim para servir a Humanidade".

Rohden deixa, para as gerações futuras, um legado cultural e um exemplo de fé e trabalho somente comparados aos dos grandes homens do nosso século.

Huberto Rohden é o principal editando da Editora Martin Claret.

Relação de obras do professor Huberto Rohden

Coleção Filosofia Universal:

O pensamento filosófico da Antiguidade
A filosofia contemporânea
O espírito da filosofia oriental

Coleção Filosofia do Evangelho:

Filosofia cósmica do evangelho
O Sermão da Montanha
Assim dizia o Mestre
O triunfo da vida sobre a morte
O Nosso Mestre

Coleção Filosofia da Vida:

De Alma para Alma
Ídolos ou Ideal?
Escalando o Himalaia
O caminho da felicidade
Deus
Em Espírito e Verdade
Em comunhão com Deus
Cosmorama
Porque sofremos
Lúcifer e Lógos
A grande libertação

Bhagavad Gita (tradução)
Setas para o Infinito
Entre dois mundos
Minhas vivências na Palestina, Egito e Índia
Filosofia da arte
A Arte de Curar pelo Espírito. Autor: Joel Goldsmith (tradução de Huberto Rohden)
Orientando
"Que vos parece do Cristo?"
Educação do homem integral
Dias de grande paz (tradução)
O drama milenar do Cristo e do Anticristo
Luzes e sombras da alvorada
Roteiro cósmico
A metafísica do Cristianismo
A voz do silêncio
Tao Te Ching de Lao-tsé (tradução) — ilustrado
Sabedoria das Parábolas
O Quinto Evangelho segundo Tomé (tradução)
A nova humanidade
A mensagem viva do Cristo (Os Quatro Evangelhos — tradução)
Rumo à consciência cósmica
O Homem
Estratégias de Lúcifer
O Homem e o Universo
Imperativos da vida
Profanos e iniciados
Novo Testamento
Lampejos evangélicos
O Cristo cósmico e os essênios
A experiência cósmica

Coleção Mistérios da Natureza:

Maravilhas do Universo
Alegorias
Ísis
Por mundos ignotos

Sumário

Os Objetivos, a Filosofia e a Missão da Editora Martin Claret

O principal Objetivo da MARTIN CLARET é continuar a desenvolver uma grande e poderosa empresa editorial brasileira, para melhor servir a seus leitores.

A Filosofia de trabalho da MARTIN CLARET consiste em criar, inovar, produzir e distribuir, sinergicamente, livros da melhor qualidade editorial e gráfica, para o maior número de leitores e por um preço economicamente acessível.

A Missão da MARTIN CLARET é conscientizar e motivar as pessoas a desenvolver e utilizar o seu pleno potencial espiritual, mental, emocional e social.

A MARTIN CLARET está empenhada em contribuir para a difusão da educação e da cultura, por meio da democratização do livro, usando todos os canais ortodoxos e heterodoxos de comercialização.

A MARTIN CLARET, em sua missão empresarial, acredita na verdadeira função do livro: o livro muda as pessoas.

A MARTIN CLARET, em sua vocação educacional, deseja, por meio do livro, claretizar, otimizar e iluminar a vida das pessoas.

Revolucione-se: leia mais para ser mais!

MARTIN CLARET

Relação dos Volumes Publicados

1. **Dom Casmurro** *Machado de Assis*
2. **O Príncipe** *Maquiavel*
3. **Mensagem** *Fernando Pessoa*
4. **O Lobo do Mar** *Jack London*
5. **A Arte da Prudência** *Baltasar Gracián*
6. **Iracema / Cinco Minutos** *José de Alencar*
7. **Inocência** *Visconde de Taunay*
8. **A Mulher de 30 Anos** *Honoré de Balzac*
9. **A Moreninha** *Joaquim Manuel de Macedo*
10. **A Escrava Isaura** *Bernardo Guimarães*
11. **As Viagens - "Il Milione"** *Marco Polo*
12. **O Retrato de Dorian Gray** *Oscar Wilde*
13. **A Volta ao Mundo em 80 Dias** *Júlio Verne*
14. **A Carne** *Júlio Ribeiro*
15. **Amor de Perdição** *Camilo Castelo Branco*
16. **Sonetos** *Luís de Camões*
17. **O Guarani** *José de Alencar*
18. **Memórias Póstumas de Brás Cubas** *Machado de Assis*
19. **Lira dos Vinte Anos** *Álvares de Azevedo*
20. **Apologia de Sócrates / Banquete** *Platão*
21. **A Metamorfose/Um Artista da Fome/Carta a Meu Pai** *Franz Kafka*
22. **Assim Falou Zaratustra** *Friedrich Nietzsche*
23. **Triste Fim de Policarpo Quaresma** *Lima Barreto*
24. **A Ilustre Casa de Ramires** *Eça de Queirós*
25. **Memórias de um Sargento de Milícias** *Manuel Antônio de Almeida*
26. **Robinson Crusoé** *Daniel Defoe*
27. **Espumas Flutuantes** *Castro Alves*
28. **O Ateneu** *Raul Pompéia*
29. **O Noviço / O Juiz de Paz da Roça / Quem Casa Quer Casa** *Martins Pena*
30. **A Relíquia** *Eça de Queirós*
31. **O Jogador** *Dostoiévski*
32. **Histórias Extraordinárias** *Edgar Allan Poe*
33. **Os Lusíadas** *Luís de Camões*
34. **As Aventuras de Tom Sawyer** *Mark Twain*
35. **Bola de Sebo e Outros Contos** *Guy de Maupassant*
36. **A República** *Platão*
37. **Elogio da Loucura** *Erasmo de Rotterdam*
38. **Caninos Brancos** *Jack London*
39. **Hamlet** *William Shakespeare*
40. **A Utopia** *Thomas More*
41. **O Processo** *Franz Kafka*
42. **O Médico e o Monstro** *Robert Louis Stevenson*
43. **Ecce Homo** *Friedrich Nietzsche*
44. **O Manifesto do Partido Comunista** *Marx e Engels*
45. **Discurso do Método / Meditações** *René Descartes*
46. **Do Contrato Social** *Jean-Jacques Rousseau*
47. **A Luta pelo Direito** *Rudolf von Ihering*
48. **Dos Delitos e das Penas** *Cesare Beccaria*
49. **A Ética Protestante e o Espírito do Capitalismo** *Max Weber*
50. **O Anticristo** *Friedrich Nietzsche*
51. **Os Sofrimentos do Jovem Werther** *Goethe*
52. **As Flores do Mal** *Charles Baudelaire*
53. **Ética a Nicômaco** *Aristóteles*
54. **A Arte da Guerra** *Sun Tzu*
55. **Imitação de Cristo** *Tomás de Kempis*
56. **Cândido ou o Otimismo** *Voltaire*
57. **Rei Lear** *William Shakespeare*
58. **Frankenstein** *Mary Shelley*
59. **Quincas Borba** *Machado de Assis*
60. **Fedro** *Platão*
61. **Política** *Aristóteles*
62. **A Viuvinha / Encarnação** *José de Alencar*
63. **As Regras do Método Sociológico** *Émile Durkheim*
64. **O Cão dos Baskervilles** *Sir Arthur Conan Doyle*
65. **Contos Escolhidos** *Machado de Assis*
66. **Da Morte / Metafísica do Amor / Do Sofrimento do Mundo** *Arthur Schopenhauer*
67. **As Minas do Rei Salomão** *Henry Rider Haggard*
68. **Manuscritos Econômico-Filosóficos** *Karl Marx*
69. **Um Estudo em Vermelho** *Sir Arthur Conan Doyle*
70. **Meditações** *Marco Aurélio*
71. **A Vida das Abelhas** *Maurice Materlinck*
72. **O Cortiço** *Aluísio Azevedo*
73. **Senhora** *José de Alencar*
74. **Brás, Bexiga e Barra Funda / Laranja da China** *Antônio de Alcântara Machado*
75. **Eugênia Grandet** *Honoré de Balzac*
76. **Contos Gauchescos** *João Simões Lopes Neto*
77. **Esaú e Jacó** *Machado de Assis*
78. **O Desespero Humano** *Sören Kierkegaard*
79. **Dos Deveres** *Cícero*
80. **Ciência e Política** *Max Weber*
81. **Satíricon** *Petrônio*
82. **Eu e Outras Poesias** *Augusto dos Anjos*
83. **Farsa de Inês Pereira / Auto da Barca do Inferno / Auto da Alma** *Gil Vicente*
84. **A Desobediência Civil e Outros Escritos** *Henry David Toreau*
85. **Para Além do Bem e do Mal** *Friedrich Nietzsche*
86. **A Ilha do Tesouro** *R. Louis Stevenson*
87. **Marília de Dirceu** *Tomás A. Gonzaga*
88. **As Aventuras de Pinóquio** *Carlo Collodi*
89. **Segundo Tratado Sobre o Governo** *John Locke*
90. **Amor de Salvação** *Camilo Castelo Branco*
91. **Broquéis/Faróis/Ultimos Sonetos** *Cruz e Souza*
92. **I-Juca-Pirama / Os Timbiras / Outros Poemas** *Gonçalves Dias*
93. **Romeu e Julieta** *William Shakespeare*
94. **A Capital Federal** *Arthur Azevedo*
95. **Diário de um Sedutor** *Sören Kierkegaard*
96. **Carta de Pero Vaz de Caminha a El-Rei Sobre o Achamento do Brasil**
97. **Casa de Pensão** *Aluísio Azevedo*
98. **Macbeth** *William Shakespeare*

99. **Édipo Rei/Antígona**
Sófocles

100. **Lucíola**
José de Alencar

101. **As Aventuras de Sherlock Holmes**
Sir Arthur Conan Doyle

102. **Bom-Crioulo**
Adolfo Caminha

103. **Helena**
Machado de Assis

104. **Poemas Satíricos**
Gregório de Matos

105. **Escritos Políticos / A Arte da Guerra**
Maquiavel

106. **Ubirajara**
José de Alencar

107. **Diva**
José de Alencar

108. **Eurico, o Presbítero**
Alexandre Herculano

109. **Os Melhores Contos**
Lima Barreto

110. **A Luneta Mágica**
Joaquim Manuel de Macedo

111. **Fundamentação da Metafísica dos Costumes e Outros Escritos**
Immanuel Kant

112. **O Príncipe e o Mendigo**
Mark Twain

113. **O Domínio de Si Mesmo Pela Auto-Sugestão Consciente**
Émile Coué

114. **O Mulato**
Aluísio Azevedo

115. **Sonetos**
Florbela Espanca

116. **Uma Estadia no Inferno / Poemas / Carta do Vidente**
Arthur Rimbaud

117. **Várias Histórias**
Machado de Assis

118. **Fédon**
Platão

119. **Poesias**
Olavo Bilac

120. **A Conduta para a Vida**
Ralph Waldo Emerson

121. **O Livro Vermelho**
Mao Tsé-Tung

122. **Oração aos Moços**
Rui Barbosa

123. **Otelo, o Mouro de Veneza**
William Shakespeare

124. **Ensaios**
Ralph Waldo Emerson

125. **De Profundis / Balada do Cárcere de Reading**
Oscar Wilde

126. **Crítica da Razão Prática**
Immanuel Kant

127. **A Arte de Amar**
Ovídio Naso

128. **O Tartufo ou O Impostor**
Molière

129. **Metamorfoses**
Ovídio Naso

130. **A Gaia Ciência**
Friedrich Nietzsche

131. **O Doente Imaginário**
Molière

132. **Uma Lágrima de Mulher**
Aluísio Azevedo

133. **O Último Adeus de Sherlock Holmes**
Sir Arthur Conan Doyle

134. **Canudos - Diário de uma Expedição**
Euclides da Cunha

135. **A Doutrina de Buda**
Siddharta Gautama

136. **Tao Te Ching**
Lao-Tsé

137. **Da Monarquia / Vida Nova**
Dante Alighieri

138. **A Brasileira de Prazins**
Camilo Castelo Branco

139. **O Velho da Horta/Quem Tem Farelos?/Auto da Índia**
Gil Vicente

140. **O Seminarista**
Bernardo Guimarães

141. **O Alienista / Casa Velha**
Machado de Assis

142. **Sonetos**
Manuel du Bocage

143. **O Mandarim**
Eça de Queirós

144. **Noite na Taverna / Macário**
Álvares de Azevedo

145. **Viagens na Minha Terra**
Almeida Garrett

146. **Sermões Escolhidos**
Padre Antonio Vieira

147. **Os Escravos**
Castro Alves

148. **O Demônio Familiar**
José de Alencar

149. **A Mandrágora / Belfagor, o Arquidiabo**
Maquiavel

150. **O Homem**
Aluísio Azevedo

151. **Arte Poética**
Aristóteles

152. **A Megera Domada**
William Shakespeare

153. **Alceste/Electra/Hipólito**
Eurípedes

154. **O Sermão da Montanha**
Huberto Rohden

155. **O Cabeleira**
Franklin Távora

156. **Rubáiyát**
Omar Khayyám

157. **Luzia-Homem**
Domingos Olímpio

158. **A Cidade e as Serras**
Eça de Queirós

159. **A Retirada da Laguna**
Visconde de Taunay

160. **A Viagem ao Centro da Terra**
Júlio Verne

161. **Caramuru**
Frei Santa Rita Durão

162. **Clara dos Anjos**
Lima Barreto

163. **Memorial de Aires**
Machado de Assis

164. **Bhagavad Gita**
Krishna

165. **O Profeta**
Khalil Gibran

166. **Aforismos**
Hipócrates

167. **Kama Sutra**
Vatsyayana

168. **O Livro da Jângal**
Rudyard Kipling

169. **De Alma para Alma**
Huberto Rohden

170. **Orações**
Cícero

171. **Sabedoria das Parábolas**
Huberto Rohden

172. **Salomé**
Oscar Wilde

173. **Do Cidadão**
Thomas Hobbes

174. **Porque Sofremos**
Huberto Rohden

175. **Einstein: o Enigma do Universo**
Huberto Rohden

176. **A Mensagem Viva do Cristo**
Huberto Rohden

177. **Mahatma Gandhi**
Huberto Rohden

178. **A Cidade do Sol**
Tommaso Campanella

179. **Setas para o Infinito**
Huberto Rohden

180. **A Voz do Silêncio**
Helena Blavatsky

181. **Frei Luís de Sousa**
Almeida Garrett

182. **Fábulas**
Esopo

183. **Cântico de Natal/ Os Carrilhões**
Charles Dickens

184. **Contos**
Eça de Queirós

185. **O Pai Goriot**
Honoré de Balzac

186. **Noites Brancas e Outras Histórias**
Dostoiévski

187. **Minha Formação**
Joaquim Nabuco

188. **Pragmatismo**
William James

189. **Discursos Forenses**
Enrico Ferri

190. **Medéia**
Eurípedes

191. **Discursos de Acusação**
Enrico Ferri

192. **A Ideologia Alemã**
Marx & Engels

193. **Prometeu Acorrentado**
Ésquilo

194. **Iaiá Garcia**
Machado de Assis

195. **Discursos no Instituto dos Advogados Brasileiros / Discurso no Colégio Anchieta**
Rui Barbosa

196. **Édipo em Colono**
Sófocles

197. **A Arte de Curar pelo Espírito**
Joel S. Goldsmith

198. **Jesus, o Filho do Homem**
Khalil Gibran

199. **Discurso sobre a Origem e os Fundamentos da Desigualdade entre os Homens**
Jean-Jacques Rousseau

200. Fábulas
La Fontaine

201. O Sonho de uma Noite de Verão
William Shakespeare

202. Maquiavel, o Poder
José Nivaldo Junior

203. Ressurreição
Machado de Assis

204. O Caminho da Felicidade
Huberto Rohden

205. A Velhice do Padre Eterno
Guerra Junqueiro

206. O Sertanejo
José de Alencar

207. Gitanjali
Rabindranath Tagore

208. Senso Comum
Thomas Paine

209. Canaã
Graça Aranha

210. O Caminho Infinito
Joel S. Goldsmith

211. Pensamentos
Epicuro

212. A Letra Escarlate
Nathaniel Hawthorne

213. Autobiografia
Benjamin Franklin

214. Memórias de Sherlock Holmes
Sir Arthur Conan Doyle

215. O Dever do Advogado / Posse de Direitos Pessoais
Rui Barbosa

216. O Tronco do Ipê
José de Alencar

217. O Amante de Lady Chatterley
D. H. Lawrence

218. Contos Amazônicos
Inglês de Souza

219. A Tempestade
William Shakespeare

220. Ondas
Euclides da Cunha

221. Educação do Homem Integral
Huberto Rohden

222. Novos Rumos para a Educação
Huberto Rohden

223. Mulherzinhas
Louise May Alcott

224. A Mão e a Luva
Machado de Assis

225. A Morte de Ivan Ilicht / Senhores e Servos
Leon Tolstói

226. Álcoois e Outros Poemas
Apollinaire

227. Pais e Filhos
Ivan Turguêniev

228. Alice no País das Maravilhas
Lewis Carroll

229. À Margem da História
Euclides da Cunha

230. Viagem ao Brasil
Hans Staden

231. O Quinto Evangelho
Tomé

232. Lorde Jim
Joseph Conrad

233. Cartas Chilenas
Tomás Antônio Gonzaga

234. Odes Modernas
Anntero de Quental

235. Do Cativeiro Babilônico da Igreja
Martinho Lutero

236. O Coração das Trevas
Joseph Conrad

237. Thais
Anatole France

238. Andrômaca / Fedra
Racine

239. As Catilinárias
Cícero

240. Recordações da Casa dos Mortos
Dostoiévski

241. O Mercador de Veneza
William Shakespeare

242. A Filha do Capitão / A Dama de Espadas
Aleksandr Púchkin

243. Orgulho e Preconceito
Jane Austen

244. A Volta do Parafuso
Henry James

245. O Gaúcho
José de Alencar

246. Tristão e Isolda
Lenda Medieval Celta de Amor

247. Poemas Completos de Alberto Caeiro
Fernando Pessoa

248. Maiakósvski
Vida e Poesia

249. Sonetos
William Shakespeare

250. Poesia de Ricardo Reis
Fernando Pessoa

251. Papéis Avulsos
Machado de Assis

252. Contos Fluminenses
Machado de Assis

253. O Bobo
Alexandre Herculano

254. A Oração da Coroa
Demóstenes

255. O Castelo
Franz Kafka

256. O Trovejar do Silêncio
Joel S. Goldsmith

257. Alice na Casa dos Espelhos
Lewis Carrol

258. Miséria da Filosofia
Karl Marx

259. Júlio César
William Shakespeare

260. Antônio e Cleópatra
William Shakespeare

261. Filosofia da Arte
Huberto Rohden

262. A Alma Encantadora das Ruas
João do Rio

263. A Normalista
Adolfo Caminha

264. Pollyanna
Eleanor H. Porter

265. As Pupilas do Senhor Reitor
Júlio Diniz

266. As Primaveras
Casimiro de Abreu

267. Fundamentos do Direito
Léon Duguit

268. Discursos de Metafísica
G. W. Leibniz

269. Sociologia e Filosofia
Émile Durkheim

270. Cancioneiro
Fernando Pessoa

271. A Dama das Camélias
Alexandre Dumas (filho)

272. O Divórcio / As Bases da Fé / e outros textos
Rui Barbosa

273. Pollyanna Moça
Eleanor H. Porter

274. O 18 Brumário de Luís Bonaparte
Karl Marx

275. Teatro de Machado de Assis
Antologia

276. Cartas Persas
Montesquieu

277. Em Comunhão com Deus
Huberto Rohden

278. Razão e Sensibilidade
Jane Austen

279. Crônicas Selecionadas
Machado de Assis

280. Histórias da Meia-Noite
Machado de Assis

281. Cyrano de Bergerac
Edmond Rostand

282. O Maravilhoso Mágico de Oz
L. Frank Baum

283. Trocando Olhares
Florbela Espanca

284. O Pensamento Filosófico da Antiguidade
Huberto Rohden

285. Filosofia Contemporânea
Huberto Rohden

286. O Espírito da Filosofia Oriental
Huberto Rohden

287. A Pele do Lobo / O Badejo / o Dote
Artur Azevedo

288. Os Bruzundangas
Lima Barreto

289. A Pata da Gazela
José de Alencar

290. O Vale do Terror
Sir Arthur Conan Doyle

291. O Signo dos Quatro
Sir Arthur Conan Doyle

292. As Máscaras do Destino
Florbela Espanca

293. A Confissão de Lúcio
Mário de Sá-Carneiro

294. Falenas
Machado de Assis

295. O Uraguai / A Declamação Trágica
Basílio da Gama

296. Crisálidas
Machado de Assis

297. Americanas
Machado de Assis

298. A Carteira de Meu Tio
Joaquim Manuel de Macedo

299. Catecismo da Filosofia
Huberto Rohden

301. Rumo à Consciência Cósmica
Huberto Rohden

302. **Cosmoterapia**
Huberto Rohden

303. **Bodas de Sangue**
Federico García Lorca

304. **Discurso da Servidão Voluntária**
Étienne de la Boétie

305. **Categorias**
Aristóteles

306. **Manon Lescaut**
Abade Prévost

307. **Teogonia / Trabalhos e Dias**
Hesíodo

308. **As Vítimas Algozes**
Joaquim Manuel de Macedo

309. **Persuasão**
Jane Austen

Série Ouro
(Livros com mais de 400 p.)

1. **Leviatã**
Thomas Hobbes

2. **A Cidade Antiga**
Fustel de Coulanges

3. **Crítica da Razão Pura**
Immanuel Kant

4. **Confissões**
Santo Agostinho

5. **Os Sertões**
Euclides da Cunha

6. **Dicionário Filosófico**
Voltaire

7. **A Divina Comédia**
Dante Alighieri

8. **Ética Demonstrada à Maneira dos Geômetras**
Baruch de Spinoza

9. **Do Espírito das Leis**
Montesquieu

10. **O Primo Basílio**
Eça de Queirós

11. **O Crime do Padre Amaro**
Eça de Queirós

12. **Crime e Castigo**
Dostoiévski

13. **Fausto**
Goethe

14. **O Suicídio**
Émile Durkheim

15. **Odisséia**
Homero

16. **Paraíso Perdido**
John Milton

17. **Drácula**
Bram Stocker

18. **Ilíada**
Homero

19. **As Aventuras de Huckleberry Finn**
Mark Twain

20. **Paulo – O 13º Apóstolo**
Ernest Renan

21. **Eneida**
Virgílio

22. **Pensamentos**
Blaise Pascal

23. **A Origem das Espécies**
Charles Darwin

24. **Vida de Jesus**
Ernest Renan

25. **Moby Dick**
Herman Melville

26. **Os Irmãos Karamazovi**
Dostoiévski

27. **O Morro dos Ventos Uivantes**
Emily Brontë

28. **Vinte Mil Léguas Submarinas**
Júlio Verne

29. **Madame Bovary**
Gustave Flaubert

30. **O Vermelho e o Negro**
Stendhal

31. **Os Trabalhadores do Mar**
Victor Hugo

32. **A Vida dos Doze Césares**
Suetônio

34. **O Idiota**
Dostoiévski

35. **Paulo de Tarso**
Huberto Rohden

36. **O Peregrino**
John Bunyan

37. **As Profecias**
Nostradamus

38. **Novo Testamento**
Huberto Rohden

39. **O Corcunda de Notre Dame**
Victor Hugo

40. **Arte de Furtar**
Anônimo do século XVII

41. **Germinal**
Émile Zola

42. **Folhas de Relva**
Walt Whitman

43. **Ben-Hur — Uma História dos Tempos de Cristo**
Lew Wallace

44. **Os Maias**
Eça de Queirós

45. **O Livro da Mitologia**
Thomas Bulfinch

46. **Os Três Mosqueteiros**
Alexandre Dumas

47. **Poesia de Álvaro de Campos**
Fernando Pessoa

48. **Jesus Nazareno**
Huberto Rohden

49. **Grandes Esperanças**
Charles Dickens

50. **A Educação Sentimental**
Gustave Flaubert

51. **O Conde de Monte Cristo (Volume I)**
Alexandre Dumas

52. **O Conde de Monte Cristo (Volume II)**
Alexandre Dumas

53. **Os Miseráveis (Volume I)**
Victor Hugo

54. **Os Miseráveis (Volume II)**
Victor Hugo

55. **Dom Quixote de La Mancha (Volume I)**
Miguel de Cervantes

56. **Dom Quixote de La Mancha (Volume II)**
Miguel de Cervantes

58. **Contos Escolhidos**
Artur Azevedo

59. **As Aventuras de Robin Hood**
Howard Pyle